新潮文庫

悪の華

ボードレール
堀口大學訳

新潮社版

592

目次

『悪の華』〔一八六一年版〕
LES FLEURS DU MAL (1861)

〔献詞〕 *Dédicace* 22
読者に *Au Lecteur* 23

幽鬱と理想 SPLEEN ET IDÉAL

一 祝禱 Bénédiction 27
二 信天翁 L'Albatros 33
三 高翔 Élévation 35
四 呼応 Correspondances 36
五 (無題) *J'aime le souvenir de ces époques nues,* 38
六 燈台 Les Phares 41
七 病む詩神 La Muse malade 44
八 身売する詩神 La Muse vénale 46

九　悪僧　Le Mauvais Moine　47
一〇　敵　L'Ennemi　48
一一　不運　Le Guignon　50
一二　前生　La Vie antérieure　51
一三　旅ゆくジプシー　Bohémiens en voyage　52
一四　人間と海　L'Homme et la mer　54
一五　ドン・ファン地獄へ行く　Don Juan aux enfers　55
一六　慢心の罰　Châtiment de l'orgueil　57
一七　美　La Beauté　59
一八　理想　L'Idéal　60
一九　巨女　La Géante　61
二〇　仮面　Le Masque　63
二一　美への賛歌　Hymne à la Beauté　66
二二　異なにおい　Parfum exotique　68
二三　髪　La Chevelure　69
二四　（無題）　*Je t'adore à l'égal de la voûte nocturne,*　72

二五　(無題)　*Tu mettrais l'univers entier dans ta ruelle,*　73
二六　それでも足りない　Sed non satiata　75
二七　(無題)　*Avec ses vêtements ondoyants et nacrés,*　76
二八　踊る蛇　Le Serpent qui danse　77
二九　腐肉　Une charogne　80
三〇　深淵より呼びぬ　De profundis clamavi　84
三一　吸血鬼　Le Vampire　86
三二　(無題)　*Une nuit que j'étais près d'une affreuse Juive,*　88
三三　死後の悔恨　Remords posthume　89
三四　猫　Le Chat　90
三五　決闘　Duellum　92
三六　おばしま　Le Balcon　93
三七　憑かれた男　Le Possédé　95
三八　ある幽霊　Un fantôme　97
1 暗闇　I. Les Ténèbres　97
2 香　II. Le Parfum　98

3　額縁　III. Le Cadre　99
4　肖像　IV. Le Portrait　100
三九　（無題）　Je te donne ces vers afin que si mon nom　102
四〇　相も変らず《センペル・エアデム》　Semper eadem　103
四一　彼女のなべて　Tout entière　104
四二　（無題）　Que diras-tu ce soir, pauvre âme solitaire,　106
四三　生きた炬火　Le Flambeau vivant　108
四四　肩がわり　Réversibilité　109
四五　告白　Confession　111
四六　心の夜明け　L'Aube spirituelle　114
四七　夕べのしらべ　Harmonie du soir　116
四八　香水の壜　Le Flacon　117
四九　毒　Le Poison　120
五〇　かげる空　Ciel brouillé　121
五一　猫　Le Chat　123
五二　美しき舟　Le Beau Navire　126

五三　旅へのいざない　L'Invitation au voyage　130
五四　取返しのつかないもの　L'Irréparable　133
五五　おしゃべり　Causerie　137
五六　秋の歌　Chant d'automne　138
五七　あるマドンナに　À une Madone　141
五八　午後の歌　Chanson d'après-midi　144
五九　シジナ　Sisina　147
六〇　僕のフランシスカを賛める歌　Franciscæ meæ laudes　149
六一　植民地生れのある御婦人に　À une dame créole　152
六二　憂鬱と放浪　Mœsta et errabunda　153
六三　幽霊　Le Revenant　155
六四　秋の小曲　Sonnet d'automne　157
六五　月の悲哀　Tristesses de la lune　158
六六　猫たち　Les Chats　159
六七　梟　Les Hiboux　161
六八　パイプ　La Pipe　162

パリ描景　TABLEAUX PARISIENS

酒　LE VIN

悪の華 FLEURS DU MAL

叛逆 RÉVOLTE

死　LA MORT

一二一　愛し合う男女の死　La Mort des amants　293
一二二　貧しい人たちの死　La Mort des pauvres　294
一二三　芸術家の死　La Mort des artistes　296
一二四　一日の終り　La Fin de la journée　297
一二五　ある物好き男の夢　Le Rêve d'un curieux　299
一二六　旅　Le Voyage　300

『漂着詩篇』〔一八六六年〕

LES ÉPAVES (1866)

一　浪曼派の落日　Le Coucher du soleil romantique　314

『悪の華』（初版）より削除された禁断詩篇

PIÈCES CONDAMNÉES TIRÉES DES《FLEURS DU MAL》

二　レスボス　Lesbos　316

題詠　ÉPIGRAPHES

一四　オノレ・ドーミエ氏の肖像に寄せた詩篇
Vers pour le portrait de M. Honoré Daumier　356
一五　ローラ・ド・ヴァランス　Lola de Valence　358
一六　『獄中のタッソー』に題す　Sur *Le Tasse en prison* d'Eugène Delacroix　358

雑篇　PIÈCES DIVERSES

一七　声　La Voix　360
一八　意外なこと　L'Imprévu　362
一九　あがない　La Rançon　366
二〇　マラバル生れの女に　À une Malabaraise　368

戯作　BOUFFONNERIES

二一　アミナ・ボシェッティの初舞台を歌う　Sur les débuts d'Amina Boschetti　371
二二　ウジェーヌ・フロマンタン氏に　À propos d'un importun　373
二三　ふざけた居酒屋　Un Cabaret folâtre　377

『悪の華』補遺（一八六六年、一八六八年）
SUPPLÉMENT AUX FLEURS DU MAL (1866, 1868)

『新 悪の華』〔一八六六年〕 *NOUVELLES FLEURS DU MAL (1866)*

一 真夜中の反省 L'Examen de minuit 380
二 ある禁断の書のための題詞 Épigraphe pour un livre condamné 383
三 悲しい恋歌 Madrigal triste 384
四 警告者 L'Avertisseur 387
五 叛逆者 Le Rebelle 389
六 浮世はなれて Bien loin d'ici 390
七 沈思 Recueillement 391
八 深淵 Le Gouffre 393
九 あるイカルスの嘆き Les Plaintes d'un Icare 394
一〇 蓋 Le Couvercle 396

作者の死後の版（第三版）に増補された詩篇　〔一八六八年〕

POËMES AJOUTÉS A L'ÉDITION POSTHUME (1868)

一一　平和のパイプ　Le Calumet de paix　*398*

一二　ある異教徒の祈り　La Prière d'un païen　*406*

一三　機嫌を損じた月　La Lune offensée　*407*

一四　テオドール・ド・バンヴィルに　À Théodore de Banville　*408*

註　*411*

年譜　*475*

あとがき　*481*

悪の華

『悪 の 華』

〔一八六一年版〕

完全な詩人
フランス文学の練達な魔術師
心から敬愛する
師でありまた友である
テオフィル・ゴーティエに
世にも深い
謙遜《けんそん》の気持と共に
これらの病める花々を
捧《ささ》げる

C・B

読者に

われらが心を占めるのは、われらが肉を苛《さいな》むは、
暗愚と、過誤と、罪と吝嗇《けち》、
乞食が虱《しらみ》を飼うように
だからわれらは飼いならす、忘れがたない悔恨を。

われらが罪は頑《かたくな》だ、われらが悔《くい》は見せかけだ。
思惑《おもわく》あっての告白だ、
だから早速いい気になって、泥濘道《ぬかるみみち》へ引返す、
空涙《そらなみだ》、心の汚《けがれ》はさっぱりと洗い流した気になって。

悪を枕《まくら》に夢心地、心はいつかまどろむよ
悪魔《サタン》トリスメジストに揺すぶられ、
小賢《こざか》しいこの化学者の手にかかっては
われらの意志の鋼《はがね》さえ煙《けむり》と消える。

この「悪魔」奴《め》だ、好《すき》自由、糸を握ってわれらをば木偶《でく》さながらに操るは！
おかげでわれらいまわしいものの色香に迷うのだ。
一日ごとに一歩ずつ「地獄」の方へ落ちるのだ、
悪臭放つ暗闇《くらやみ》を厭《いと》いもせずに横切って。

老いさらばえた淫売婦《さぶるこ》のしなびた乳房に吸いすがる
銭《ぜに》もたぬ蕩児《とうじ》さながら
われらみな行きずりに怪しげな快楽《けらく》を盗み
水気《みずけ》の足らぬオレンジのいや強《きつ》く絞り味《あじ》わう。

百万匹の蛔虫《かいちゅう》もさながらに、うじうじとひしめき合って、

われらが脳のさ中では「悪魔」の大群が牛飲馬食、
息づくたびに、見えぬ川
「死」は何事かつぶやきながら、われらが肺中に下《くだ》る。

強姦《ごうかん》、毒殺、刃物三昧《はものざんまい》、放火沙汰《ざた》、
こうした派手な絵模様が、惨《みじめ》なわれらの運命の
画布を今日《きょう》まで飾らぬは、羞《はずか》しながら！
要するに、われらに意気地《いきじ》が足らぬから。

さりながら金狼《シャカル》や、豹《ひょう》や、山犬や、
猿《さる》、さそり、禿鷹《はげたか》、さては蝮《まむし》なぞ、
われらが悪業《あくごう》の醜猥《しゅうわい》な動物園に、
啼《な》き、わめき、吼《は》え、唸《うな》り、のたうちまわる怪物にうちまじり、

特別に醜くて、性悪《しょうわる》で、不潔な奴《やつ》が一ついる！
こ奴《やつ》、大してあばれもしない、大きな叫びも立てないが、

そのくせ平気で地球をほろぼし
欠伸《あくび》しながら世界を鵜呑《うの》みにするくらい平気の平左。

こ奴《やつ》、名は「倦怠《アンニュイ》」！——がらになく目もとうるませ、
水煙管《みずぎせる》吸いながら、断頭台を夢みてる。
読者よ、君は知っている、この厄介《やっかい》な悪魔奴《め》を、
——偽善の読者よ、——同類よ、——わが兄弟よ！

幽《ゆう》鬱《うつ》と理想

一　祝《しゆく》　禱《とう》

至上の神の命令一下して
「詩人」がこの退屈な世に生れ出た時、
生んだ母親は喫驚仰天《びつくりぎようてん》、拳《こぶし》を固め
悪口雑言《あつこうぞうごん》、哀れとおぼす「神」さえ怨《うら》んだ、

――《ああ！　こんな物笑いの種《たね》を育てる位なら
蝮《まむし》の一塊《ひとかたまり》を生んだ方が増しだった！

こんな贖罪《つみ》の子を受胎《みごも》った
はかない歓楽のあの一夜《ひとよ》こそ呪《のろ》わしい!

神様、あまた女のある中に、よくもこのわたしを選んで
気の毒なわたしの夫の嫌悪《にくしみ》の的《まと》にはして下さいました、
だからと言ってこの出来損いの怪物を、艶書《えんしょ》のようにさりげなく
火中も出来ない始末です、わたしも腹をきめました、

身に積るあなたの憎しみを
あなたの悪意の呪わしいこの手先奴《てさきめ》にふり向けて、
毒の芽吹きの叶《かな》わぬまでに、この厭《いや》らしい木の奴《やつ》を
存分捩《ね》じ切ってやりましょう!》

こんな具合にのめいて恨みの唾《つば》は飲込むが、
高遠の天の摂理は解さぬ身、
哀れその手に、手ずからが、「焦熱地獄」のどまんなか

罪の母親仕置する火焙《ひあぶ》り台の薪《まき》を積む。

さるほどに、一人の「天使」の目に見えぬ加護のおかげで
この廃嫡《はいちゃく》の「少年」は太陽の光に酔って生きつづけ
その飲むものは悉《ことごと》く、その食うものは悉く、
朱金《しゅこん》の色の神酒《みき》と化《な》り、不老長寿の神饌《みけ》となる。

風を対手《あいて》にふざけたり、雲を対手に語ったり、
「十字架の道」歌いつつ恍惚《うっとり》したり
森の小鳥をそのままに浮かれはしゃぐ彼を見て
この巡礼に付添いの「聖霊」は涙にむせぶ。

愛そうとして近づけば、皆《みんな》が怖《お》じて見守った、
さもない奴は、大人しい小童《こわっぱ》と見てあなどった、
われがちに彼を苦しめ
酷《むご》い仕打を買って出た。

彼の糧《かて》だと気がつくと、パンに葡萄酒《ぶどうしゅ》に、
人たちは汚穢《おえ》の灰、痰《たん》まで交ぜた、
彼が触れたというだけで、偽善の身振大袈裟《おおげさ》に、人たちは何でも捨てた、
そしてまた彼の足跡踏んだというて、彼らは自ら恥とした。

妻までが、市《まち》なかの広場に立って言いふらす、
——《拝みたいほど美人だと主人は言ってくれますの
だから昔の偶像神の役割を引受けて
わたしも金ぴかに粧《よそお》いましょう、

甘松香《かんしょうこう》を、薫香《くんこう》を、没薬《もつやく》を、跪座《きざ》礼拝の尊敬を、
酒池肉林の栄耀《えいよう》を満喫しよう!
愛してくれてる心から、笑いのひまに、神を敬う気持まで
消し去る力が自分にあるか試すため!

やがてこうした背教のわるふざけにも飽いたなら
細いが強い手をのばしあの人の胸をさぐろう、
そうさえしたら、わたしの爪《つめ》は荒鷲《あらわし》の爪もさながら
心臓へ届きも出来よう。

裸雛《はだかびな》そっくりのぴくぴく動く血まみれのその心臓を
彼の胸から摘《つま》み出し、
馬鹿《ばか》にしきって、地べたへと投げてやろうぞ、
愛猫《あいびょう》の満腹のため！》

美々しい玉座のほの見える「天」の方へと、
澄んだ心の「詩人」はつつましい両手をさしのべる、
持前の明晰《めいせき》なその理智《りち》ゆえに
凡俗どもの怒りなぞ気にもならない、

——《祝福されて在《おわし》ませ、主《しゅ》よ、おん身が給《たま》わる苦悩こそ、

われらが汚《けがれ》を洗う霊薬にて、
また強者を聖なる歓喜に準備する
至高至純の精髄なれ！

われ知れり、御身、聖なる天国の多幸なる位階のうちに
「詩人」のための席を用意し、
「王位」の、「美徳」の、「君臨」の
久遠《くおん》の饗宴《きようえん》に招き給うを。

われ知れり、苦悩こそ唯一《ゆいいつ》の高貴、
人界も地獄も、このものは傷《きず》つけ得ずと、
またわれに価《あたい》する神秘なる冠《かんむり》を編まんには
あらゆる時代、あらゆる国を動員すべきを。

＊
パルミール栄えの時の今は失《な》き宝石も、
人のまだ知らぬ金属《かね》、海底に埋るる真珠、かき集め、

み手ずから鏤《ちりば》め給うも、主よ、
燦然《さんぜん》と光り耀《かがや》くこの美しき冠《かんむり》の飾りは足らじ、

けだし「詩人」の冠《かんむり》は、専《もっぱ》ら劫初《ごうしょ》の光の
神聖の光源に湧《わ》く無垢《むく》の光輝もて編まるべきもの、
この光彩を映すべく、人間の眼《め》はいかばかり炯々《けいけい》たりとも
暗愚に曇る哀れなる鏡に過ぎじ！》

二　信天翁《あほうどり》

しばしばよ、なぐさめに、船人《ふなびと》ら、
信天翁生捕《いけど》るよ、
潮路《しおじ》の船に追いすがる
のどけき旅の道づれの海の巨鳥《おおどり》。

青ぞらの王者の鳥も
いま甲板《かんぱん》に据《す》えられて、
恥さらす姿も哀れ、両脇《りょうわき》に、
白妙《しろたえ》の両の翼《つばさ》の、邪魔げなる、櫂《かい》と似たりな。

天翔《あまが》けるこの旅人の、ああ、さても、さま変れるよ！
麗《うる》わしかりしこの鳥の、ああ、なんと、醜くも、おかしきことよ！
一にんは、パイプもて、嘴《くちばし》こづき、
他は真似《まね》つ、足なえの片輪の鳥を！

詩人《うたびと》も、哀れ似たりな、この空の王者の鳥と、
時を得て嵐《あらし》とあそび、猟夫《さつお》が矢玉あざけるも
罵《ば》詈《り》満つる俗世の地《つち》に下《お》り立てば
仇《あだ》しやな、巨人の翼《つばさ》、人の世の行路《こうろ》の邪魔よ。

三　高翔《こうしょう》

沼越えて、谷越えて、
山や森、雲や海、乗り越えて、
太陽《ひ》の彼岸《かなた》、虚空《こくう》の際涯《はてし》、
星々のきらめく天のはて越えて、

心よ、汝《なんじ》、身軽にも、翔《か》けめぐるよな、
蕩然《とうぜん》と沖に楽しむ水泳の名手のごとく、
えも言い難き男々しさの快楽にひたりつつ、
汝《なんじ》、嘻々《きき》として、宇宙の深さ経《へ》めぐるよ。

翔《と》べ、塵俗《じんぞく》の穢土《えど》遠く、
翔び行きて、上層の気に身を洗え、
さては飲め、至醇《しじゅん》なる天の酒とも、

澄明界《ちょうめいかい》に充満《みちみ》てる明《あか》き炎《ほのお》を。

鬱陶《うっとう》しき人生にのしかかる
倦怠《けんたい》も苦悩もよそに、
羽搏《はばた》き猛《たけ》く、光明と静謐《せいひつ》のかの天空へ、
翔び立ち得る者は幸なり！

その詩想《おもい》、雲雀《ひばり》のごとく、
あかつきのみ空かけ、自在にも翔びかけり、
――塵俗の世を低く見て、花の声、
声なきものの言の葉を解する者は幸なり！

四　呼　応

天地《あめつち》は宮居《みやい》なり、宮柱《みやばしら》生きたりな。

時ありて、おぼろげに言告《こと》ぐらしも。
象徴の森わけて、人間のここをよぎるに
森の目の、親しげに、見まもりたるよ。

夜《よる》のごと、光のごとく、底いなき、
暗くも深き冥合《めいごう》の奥所《おくが》なる、
声長き遠つ木魂《こだま》の、とけ合うとさながらに、
匂《にお》いと、色と、ものの音《ね》と、相呼び合うよ。

匂いあり、爽《さわや》かさ幼児《うない》の肌《はだえ》さながらの、
やわらかさ木笛《きぶえ》に似たる、さみどりの牧原《まきはら》めける、
——またありぬ、こは敗頽《はいたい》の、豊なる、奢《おご》れる匂い、

譬《たと》うれば、竜涎《りゅうぜん》、麝香《じゃこう》、薫香《くんこう》や安息香や
果しなきものの姿にひろがりて
感覚の、知覚の、無我の法悦を、謳歌《おうか》したりな。

五

僕は好きさ、太陽神フェビュスの奴《やつ》が、彫像という彫像に、
金粉を塗りたくり嬉《うれ》しがってた人類の裸体時代の思い出が。
男も女もあの頃《ころ》は、身軽だったし、
虚偽も不安も知らないで専《もっぱ》ら生を楽しんだ、
情愛深い天までが彼らの背筋を愛撫《あいぶ》して
彼らの高貴な肉体を鍛えてくれたものだった。
その頃は大地の女神《めがみ》シベールも、物資豊富で、
自分の子らなる人類を重荷なぞ思うどころか、
平等の愛情に心のあふれる狼《おおかみ》の母そっくりよ、
無差別に誰にでも褐色《かっしょく》の乳房を含ませた。
寛闊《かんかつ》で、強壮で、精力的な男性は、
自分らを王とあがめる美女たちを誇示する権利を持ってたし、

美女たちは、汚《よごれ》も傷も知らない果実、
その滑《なめら》かな堅肉《かたじし》は、見るなり嚙《か》みつきたくなった！

ところが今日《こんにち》「詩人」奴《め》が、男女の裸体の見られる場所で、
原始時代のこのような盛んな様《さま》相を偲《しの》ぼうとしようものなら、
肌《はだ》も粟立《あわだ》つ陰惨なその場の光景《さま》に、
目先が暗くなるほどの悪寒《さむけ》に心は滅入《めい》り込む。
哀れや、衣服は剝《は》ぎ取られ泣いてるこれらの畸型《かたわ》ども！
ああ、可笑《おかし》げな体つき！　お面《めん》きせたい胴体や！
捻《ねじ》れて、痩《や》せて、ふくらんで、ぶよぶよな不憫《ふびん》な肉体、
無情で呑気《のんき》な「実用」の神の差配で、子供の時分、
青銅の襁褓《むつき》にくるまれたというわけだ！
それから君ら女たち、蠟燭《ろうそく》いろの顔色も哀れだが、
放蕩《ほうとう》に、蝕《むしば》まれたり、養われたりの身の上だ！
また君ら処女たちも、母の不徳の遺伝を受けて、
繁殖力の醜さの尾を曳《ひ》いている有様だ！

とは言うものの、腐敗し切った僕らにも
古昔《むかし》の民の知らなんだ美しさのないこともない、
つまり憔悴《しょうすい》の美しさとも呼ぶような、
心臓の腫瘍《おでき》のために荒らされた顔色なぞがあるのだが、
このような末世の美神の発明も
現代の病人化した人類が、種族の青春の時代を偲んで
これを崇《あが》めて景慕する邪魔にはならない、
――飾り気のない姿して、大人しやかな顔つきで、
流れる水のように瞳《ひとみ》は澄んで、
青空や、小鳥や、花がするように、
あらゆるものの上に、こっそりと、
匂いと、歌と、温情を撒《ま》き散らしたあの青春の時代を偲んで！

六　燈《とう》台《だい》

リューベンス、これは忘却の大河、懶惰《らんだ》の花園、
愛するには不向だが爽《さわや》かな肉蒲団《にくぶとん》
空の風、海の潮《しお》とも、
生命力に満ちている。

レオナルド・ダ・ヴィンチ、これは底光りする古鏡《ふるかがみ》、
天使たち来て、神秘めく微笑やさしく、姿を映す、
天国の戸口のあたり、
氷河と松とに閉《と》ざされた小暗いかげに。

レンブラント、これはささやきで一杯な悲しい病院
飾りらしいものは大きな十字架が置いてあるだけ、
泣いてする祈願《いのり》の声が糞便《ふんべん》の中から聞え、

冬の日ざしが斜《はすか》いに思いがけなくさっと差込む。

ミケランジェロ、これは漠《ばく》としたおぼろの境地《さかい》、
キリストも異端の神もごったまぜ、
逞《たくま》しい亡霊どもがぬくぬくと立ち上り、
薄ら明りに指長くわが肌《はだ》の死衣《かけぎぬ》ちぎる。

力士の怒り、半獣神《フォーヌ》の破廉恥《はれんち》、
下賤《げせん》な徒輩《やから》の美しさ、よくも蒐《あつ》めて彫り上げた君、
心は慢《おご》り、病弱の身の肌黄ばむ、
ピュジェ、これは囚人どものさびしい王者。

ワットー、時を得顔の貴人たち
蝶々《ちようちよう》のようにさんざめくこの謝肉祭、
どうどう廻《めぐり》のダンスの上に、もの狂おしさをぶちまける
釣燭台《つりしよくだい》の灯《ひ》が照らす小粋《こいき》なこれは書割《かきわり》だ。

ゴヤ、これは見慣れぬもので一杯な悪夢、
魔宴《サバト》のさなかに煮られる胎児、
老婆《ろうば》の化粧、悪魔を誘惑しようとて、
靴下《くつした》なおす裸の少女。

ドラクロア、これは天使に憑《つ》かれた血の池、
常緑の樅《もみ》の影深々とめぐらして、
鬱陶《うっとう》しい空の下、変な楽隊が過ぎて行く
忍び音《ね》のウェーベル楽の溜息《ためいき》のようにして。

このような呪詛《のろい》や、不敬、祈願、恍惚《こうこつ》、
雄叫《おたけび》、涙、賛歌《ほめうた》は、
一つ一つが人生の紆余曲折《こんぐらがり》の反響だ、
泡沫《あわ》より淡《あわ》い人の身に天が授ける阿片《オピオム》だ！

一つ一つが幾万の異口同音の雄叫《おたけび》だ、
一つ一つが幾万のメガホンによる命令だ、
一つ一つが幾万の城の櫓《やぐら》の松火《たいまつ》だ、
人生の森の深間《ふかま》に踏み迷う猟夫《さつお》が立てる泣声だ！

天帝よ、まことにこれは、人間の
尊厳の無上の証《あかし》、
時代から時代へ流れ
君が久《く》遠《おん》の淵《ふち》へとつづくこの情熱の啜泣《すすりなき》！

七　病む詩神

可哀《かわい》そうな僕の詩神《ミューズ》よ！　今朝《けさ》のその態《ざま》は一体なんだい？
へこんだ君の両眼《りょうめ》は、昨夜《ゆうべ》の幻でまだ一ぱい、
顔色は、冷酷でむっつりしてて

狂気と恐怖《ものおじ》に代る代るに曇るじゃないか。

青ざめた魔性の美女と桃色の小妖精《しょうようせい》が語らって、
惑《まどわし》の瓶《かめ》かたむけて、物怖《ものおじ》と助平ごころを振りかけでもしたことか？
夢魔《むえん》の鬼めが手玉にとって
物語めく魔の沼へおっ放《ぽ》り込みでもしたことか？

僕は願うよ、君が胸、香《か》に立つほども健康で、
強い思念を不断に宿し、
クリスチャンなる君が血は調《しらべ》ゆたかに波打って、

歌の父アポロと共に収穫《とりいれ》の司《つかさ》の神の
偉大なるかの牧羊神《パン》が代る代るに世を統治《すべ》た
古昔《むかし》の御代《みよ》の言霊《ことだま》の韻律《ふし》美しく流れ出すのを。

八　身売する詩神

宮居《みやい》ぐらしを忘れない僕の心の詩神《ミューズ》どの、
一月の北風が、ひゅうひゅうひゅうとつのる頃《ころ》、
雪もよい心侘《わび》しく、しようことのない宵々《よいよい》に
どす黒く寒さに凍《こご》る足先を暖める薪の用意はよろしいか？

紫斑《しはん》に燻《すす》けたやさ肩を、破鎧戸《やれよろいど》の月光に
さらす覚悟か、色上げに？
口中も財布の中も空っぽと気づいたら
青空の星の金《きん》でも集めるか？

合唱隊の寺小姓、香炉振ったり歌ったりすると同じく、
心にもない謝恩賛美歌《テ・デオム》を君が歌うも、

空腹の辻芸人《つじげいにん》がやりそうな媚態《びたい》を見せて
心で泣いて眼《め》で笑う身振おかしく
俗人どもの腹の皮縒《よ》らせてやるのも
その日その日のパンのためだよ。

九　悪僧

いにしえの世の僧院は、ひろ壁の所せましと、
聖事《せいじ》蹟絵《せき》に描《か》きつらね、
信深き心腸《しんちょう》の、あこがれを燃え上らせて、
難行の冷厳を、和《やわら》ぐるよすがとなしき。

キリストの蒔《ま》きたる種《たね》の、花咲きしその頃《ころ》の世に、
今は名も忘られはてし、名僧ら、

墓所を、画室と思いなし、
素朴《そぼく》なる絵に描きて、「死」をば賛《たた》えき。

——わが魂も、墓穴《ぼけつ》なり、悪僧われの住みつきて、
久しくも、ここは年へぬ、
忌《いま》わしきこの僧院の、壁飾る絵は成らで。

懶惰《らんだ》の僧よ、いつの日か、
浅ましきおのが身の暮しのさまの現実を、
わが手の技《わざ》に描《えが》きあげ、目のよろこびと成すを得ん？

一〇　敵

僕の青春は、悲惨な嵐《あらし》に終始した、
時たま明るい日ざしも見たが、

雷雨にひどく荒らされて
紅《あか》い木の実は僅《わずか》しか僕の庭には残っていない。

早くも思索の秋が来た、
墓ほど大きい穴ぼこを
洪水《でみず》が残したこの土地に
鋤鍬《すきくわ》把《と》って掘りかえし耕しなおす時だ今。

僕の夢見る新しい花々が
洗われた河原のような荒地《あれつち》に
力のもとの養分を果して探し出せるやら？

——ああ、悲し！「時」が命を齧《かじ》るのだ、
姿の見えないこの「敵」は、人の心を蝕《むしば》んで、
僕らが失う血を啜《すす》りいい気になって肥え太る！

一一　不運

こんな重荷を起すには
＊シジフ、そなたの勇が要る！
刻苦勉励しもするが
「芸術」は長く「時」は短い。

名高い墓は見向きもせずに
人里離れたさびしい墓地へ
響きの籠《こも》る太鼓のように
葬送曲を打ちながら僕の心は突き進む。

——鶴嘴《つるはし》も測深錘《さぐりのすい》も届かない深い処《ところ》に、
忘られて闇《やみ》に埋れて

数多い宝が眠る、
かぐ人もない孤寂に生きて
秘密のように甘い香《か》を
多くの花が立てている、残り惜しげに。

一二　前　生

われかつて、久しくも、住みたりき、いと広き柱廊《ちゅうろう》のもと、
夕されば、そそり立つ厳《いか》めしき大円柱《おおまるばしら》、
海の陽《ひ》に照り栄えて千の火のごと色染まり
玄武洞《げんぶどう》さながらの眺《なが》めかな。

荒浪《あらなみ》は、天の姿をくつがえし、
豊かなるその楽声《がくじょう》の無上なる調子をば、

わが眼《め》の映す夕焼けの眩《まばゆ》き色に、
交《まじ》えにき、荘厳《そうごん》に、または神秘に。

わが生き来《こ》しは彼処《かしこ》なり、静かなる悦楽のうち、
青空と、浪と、光輝《こうき》のただ中に、
香油に肌《はだ》かおる裸身《はだかみ》の奴隷《どれい》たちいて、
椰子《やし》の葉にわが額《ぬか》あおぎ
われの嘆きの源《みなもと》の悲しき秘密さぐるをば
唯一《ゆいいつ》無二なるつとめとは、なしいけるよな。

一三　旅ゆくジプシー

易卜稼業《うらないかぎょう》、目つきの鋭い一団が
昨日《きのう》出発、餓鬼を背中にくったり、

常備食、垂れ乳房《ぢち》を
むさぼる口にふくませたり。

妻子をのせた馬車のわき、
あからびく利刀《わざもの》肩に男たち、のっそり歩く、
見果てぬ夢に追いすがる
重い視線に天をにらんで。

砂地に巣食う蟋蟀《こおろぎ》も、
行き過ぎる彼らを見ては、高音《たかね》張り
大地の女神シベールも、愛《いと》しき故《ゆえ》に陰《かげ》を増し、

岩間に清水を湧《わ》き出させ、沙漠《さばく》に花を匂《にお》わせて、
この一行をもてなせば、
未来《ゆくすえ》の闇《やみ》も気易《きやす》い国原さ。

一四 人間と海

自由な人間よ、常に君は海を愛するはずだよ！
海は君の鏡だもの、逆巻き返す怒濤《どとう》のうちに
君が眺《なが》めるもの、あれは君の魂だもの、
君が心とて、海に劣らず塩辛い淵《ふち》だもの。

自分自身の絵姿の中へ、君は好んで身をひたす、
眼《まなこ》で、腕で、君はそれを抱き寄せる、
君が思いは時に、自分の乱れ心を
暴れ狂う海の嘆《なげ》きで紛《まぎ》らせる。

君も海も、同じほど、陰険で隠しだてする、
人間よ、君の心の深間《ふかま》を究《きわ》めた者が一人でもあったか？

海よ、誰ひとり君が秘める財宝の限りは知らぬではないか？
それほどに君らには各自《てんで》の秘密が大事なのだ！

そのくせ君らは幾千年、情《なさ》け容赦《ようしゃ》も知らぬげに
戦いつづけて来てるのだ、
おお、永遠の闘士たち、おお、和し難い兄弟よ、
血煙《ちけむり》あげる殺戮《さつりく》と死がさほどまで気に入るか！

一五　ドン・ファン地獄へ行く

酷薄非情ドン・ファン奴《め》、三途《さんず》河原におりたちて、
六道銭を支払うに、
さらばとばかり、逞《たくま》しき腕《かいな》に櫂《かい》を採《と》る者は、
犬儒の祖師もさながらに、眼《まなこ》ほこれる忌《いま》わしき一人の乞食《かたい》。

衰えし乳房も露《あら》わ、裾《すそ》はだけ、
女たち、暗黒の空の真下《ました》に身を悶《もだ》え、
犠牲《いけにえ》に捧《ささ》げられけん畜類の大群に似て、
行く彼の背後《うしろ》より、いつまでも、喚《わめ》きつつ追いすがる。

かつての従者スガナレル、にここと給料せがみ、
父親のドン・ルイス、わななく指に、指差して、
河原に満つる妄執《もうしゅう》の亡者《もうじゃ》に示す、
老父《おい》の白髪《しらが》もかえり見ぬ、無法者わが子をば。

喪服の下にわななきて、瘦《や》せたる貞女エルヴィイラ、
忘れかぬるか深情け、不実の夫《つま》を近く見て、
せめて思いによみがえる、初《はつ》の契《ちぎ》りのやさしさの、輝き見する、
今生《こんじょう》の、最後《いまわ》の微笑乞《こ》うらしも。

厳《いかめ》しき甲冑《よろいかぶと》の、大いなる石人*の像、

艫《とも》に立ち舵棒《かじぼう》にぎり、暗黒の波切り進む。
さるほどに、ドン・ファンの君、悠然《ゆうぜん》と、長剣杖《つえ》に、
船あとを眺《なが》むる姿、人なきとさながらなるよ。

一六 慢心の罰

「神学」に権威と生気がまだ在った
結構ずくめの頃《ころ》のこと、
偉い博士の先生がある日、ある時、
——不信の徒輩《やから》をおどかして
地獄の話をした上で、
自分は聖者の霊《れい》だけが行き交うような
光栄の天上界へ、思いがけない通い路を拓《ひら》いた上で、——
急に高所へ出たために度を失った男みたいに
悪魔のような慢心にのぼせ上って叫んだとやら、

《キリストよ、ちっぽけなキリストよ！　よくも尻押《しりおし》してやった！
万一わしがあべこべにお前を敵に廻《まわ》していたら
お前の恥辱《はじ》の大きさは今のお前の光栄と同じ位さ、
お前なぞ箸《はし》にも棒にもかからないただの胎児《はらご》に過ぎないさ！》

忽然《こつぜん》と、彼の正気が消え失《う》せた。
この太陽の光彩が黒いヴェールに包まれた。
目も彩《あや》な格天井《ごうてんじょう》も華やかに、秩序と豪奢《ごうしゃ》に充《み》ちていた
かつての生きた殿堂の明智《めいち》の中に
大そうな混沌《こんとん》が転がり込んだ。
鍵《かぎ》を失《な》くした窖《あなぐら》みたいに
沈黙と闇黒《あんこく》が彼を領した。
その時以来、彼は路傍の畜生だ、
野良《のら》をうろつき廻《まわ》りはするが
何一つ目には入《はい》らず、暑さ寒さに気もつかず、
廃物同然、よごれて、無駄《むだ》で醜い姿、

子供らに丁度手頃な嬲《なぶ》りもの。

一七　美

われは美し、人間よ、石の夢さながらよ、
わが胸に来て、君ら相つぎ、傷つくも、また詮無《せんな》しや、
うべや、この胸、詩人《うたびと》と、不滅なる、無言なる、
物質もさながらの、恋ささやかんためならば。

われ青空に君臨す、不可解のスフィンクスめき。
われ結ぶ、雪の心と、白鳥の白妙《しろたえ》を。
われ憎む、徒《いたずら》に線移す空《むな》しき動作。
さて絶えてわれ泣かず、また絶えて笑うことなし。

傲岸《ごうがん》の限りなる像などに学ぶがごとき、

わが尊大を前にして、詩人《うたびと》ら、
難儀なる研鑽《けんさん》に、身を削り、命を賭《か》けん。

故《ゆえ》うべや、かくばかり素直《すなお》なる恋人たちを惑《まど》わすに、
なべてのものの美をば増す、曇りもあえぬ真《ま》澄鏡《すかがみ》、
わが眼《まなこ》、とわの光のこの眼《まなこ》、われにあればぞ！

一八　理　想

末法の世が生み出した
出来損いの産物の、さしえの美人、
ハイヒール穿《は》いた足、カスタネット鳴らす指、
あんなのは絶対に僕を満足させません。
病院向きの小うるさい美女たちは

白変病《しらこ》の詩人ガヴァルニ*に委《まか》せて置くと致《いた》しましょう、
蒼白《あおじろ》いあの薔薇《ばら》たちの中からは、
僕の理想の紅薔薇は決して見つかりはしないから。

地獄ほど罪深い僕の心が求めるのは、
*レデー・マクベス、あなたです、罪を怖《おそ》れぬあなたです、
暴風雨《あらし》の中に咲く花のアエスキュロス*の女主人公《ヒロイン》です、

さなくば、あなた、偉大な『夜*』、ミケランジェロが愛娘《まなむすめ》、
巨人《*チタン》の族の接吻《せっぷん》に似合いの魅力さらけ出し
おっとり構えてポーズするあなたですぞえ。

一九　巨　女

天外の奇想ゆたけき「大自然」、

日に夜《よ》をつぎて、畸形児をみごもりし、いにしえの頃《ころ》、
女王の足にたわむるる、逸楽の猫《ねこ》さながらに、
愛《め》でやしにけんこのおのれ、うら若き巨女《ひと》のかたえに、暮らすをば。

愛《め》でやしにけんこのおのれ、彼女の五体、魂と、共に花咲き、
自在にも、怖《おそ》ろしきからくりにより育つを見、
そのこころ、邪恋の焔《ほむら》養うと、
かすむその眼《め》のうるおいに見てとるを。

愛《め》でやしにけんこのおのれ、旺《さか》んなるその肉体を、へめぐり究め、
巨大なる膝《ひざ》の斜面によじのぼり、
また夏日《かじつ》、時あって、毒の陽《ひ》ざしに疲れ果て、

野末かけ長々と寝転ぶ時よ、愛《め》でやしにけんこのおのれ、
山裾《やますそ》の平和なる村里のごと、
その巨女の乳房のかげに、のびやかに、まどろむことも。

二〇　仮面

ルネッサンス好みのある寓意《ぐうい》的彫像に題し
彫刻家エルネスト・クリストフ*に捧《ささ》げる

フロランス好みの典雅《みやび》きわまる宝、この像を眺《なが》めよう。
たっぷりした肉体の曲線のあいだから、
聖姉妹、「婀娜《あだ》」と「力」が盛り上り溢《あふ》れ出ている。
この女人、まことにこれは、奇跡の肉塊、
神々《こうごう》しいほど強そうだが、惚々《ほればれ》するほどすんなりしている、
まことにこれは、豪奢《ごうしゃ》を極めたベッドの上に君臨し
王侯貴紳の徒然《つれづれ》を慰めるための尤物《ゆうぶつ》。

――見《み》給《たま》え、また、好色なそことないあの微笑《ほほえみ》を、
「思い上り」の絶頂とでも言いそうだ。

小ざかしそうで、けだるげで、嘲《あざけ》るような思わせぶりなあの目つき。
薄紗《うすぎぬ》ですっぽり包んだあのしたり顔、
眼《め》も口も自慢げに言ってるようだ、
《逸楽があたしを招き、「愛」が冠をきせてくれます！》
﨟《ろう》たけた威の備《そな》わったこの女《ひと》に、見給え、なんと、
可憐《かれん》な振りが、好《す》いたらしさを付与することか！
さあ、近づいて、へめぐって、彼女の美をば眺めよう。

おお、これは芸術上の冒瀆《ぼうとく》だ！　おお、なんと不吉なこれは驚きだ！
絶世を誇る肉ゆえに幸福の約束だったこの美女が、
しみじみ見れば、双頭の怪物だとは！

——違うよ！　こんなの仮面《マスク》だよ、まどわしのただの虚飾さ、
あでやかに露もしたたりそうにして、にっこりしているこの顔なんか、
見直し給え、そらそこに、おそろしいしかめ面《づら》して、
本当の顔があるではないか、偽《いつわ》りの顔にかくれて、

まことの首がのけぞって。
可哀《かわい》そうな絶世の美女よ！　素晴らしい君の涙の大河が
憂《うれ》いにとざす僕の胸座《むなぐら》へ流れ込む、
君の虚偽《いつわり》が僕を酔わせて、僕の魂は、
「苦悩」が君の両眼《りょうめ》から湧《わ》かせる水で渇《かわ》きを消す！

——でもなんで、彼女は泣くか？
全人類が足許《あしもと》にひれ伏すほどの完璧《かんぺき》の美女なのに、
逞《たくま》しいその脇腹《わきばら》をどんな神秘な苦痛が嚙《か》むか？

——生きて来たのが悲しくて、生きているのが悲しくて！
彼女が泣いているのだと、気がつかないか呆気者《うつけもの》！
膝《ひざ》がしら打合うほどにわななかせ、特に彼女が泣く故《ゆえ》は、
明日《あす》もまた生きねばならないその故だ！
明日《あす》も、明後日《あさって》も、いつまでも、生きねばならないその故だ！　僕らの誰もが
　するることさ！

二一　美への賛歌

高い空から来たものか、深い淵《ふち》から出たものか、
おお、「美女」よ？　汚《よご》れて清いまなざしは
綯《な》いまぜて徳と不徳を撒《ま》き散らし、
そなたは酒の酔いと似る。

そなたの瞳《ひとみ》の光には、夕日と朝日が同居して、
雷雨の宵《よい》もさながらのそなたの香りは爽《さわ》やかだ。
そなた接吻《キス》は媚薬《びやく》、そなた口は酒壺《さかつぼ》、
豪傑を意気地なし、少年を勇士に変える。

暗い深淵《ふち》から出て来たか、明るい星から生れたか？
ぞっこん惚《ほ》れた「宿命」が小犬のように後《あと》を追う。

気紛《きまぐれ》にそなたは歓喜を災害を処《ところ》かまわず植《うえ》つけて、
一切を支配はするが、責任は一切持たぬ。

そなたは死者を嘲《あざけ》って、土足でこれを踏越える、
そなたの飾る宝石の「凄《すご》み」も魅力なくはない、
「殺人」さえが、最愛のそなたの装《かざ》身具《り》に混《まじ》ってて
奢《おご》るそなたの腹上に恋慕の情に舞い狂う。

蠟燭《ろうそく》よ、そなたを慕って、翔《と》んで来て、
恋に盲《めしい》た夏の虫、身を焼きながら、礼を言う！
美しい女を抱いて息喘《あえ》ぐ恋の男に
われとわが墓石撫《さ》する瀕死《ひんし》の人の姿があるよ。

とんでもない、おそろしい、そしてあどけない妖怪《ようかい》、「美女」よ、
天から、それとも、地獄から来たとて一向かまわない！
そなたの眼《め》、そなたの微笑、そなたの足が、僕のため、

僕の気に入る未《ま》だ知らぬ「無窮」の門さえ開くなら？

「悪魔」の、または、「神様」の、遣《つかわ》し者であろうとて、「天使」であろうが、「人魚」だろうが、
一向僕は構わない、そなたがせめて、――天鵞絨《びろうど》の瞳の妖精よ、
リズムよ、匂《にお》いよ、輝きよ、おお、僕の唯一《ゆいいつ》の女王！――
少しでも、世の醜悪を少くし、時の重みを減《へら》すなら？

二三　異なにおい

残暑きびしい夕《ゆう》べなぞ、両の眼《め》とざし、
熱《ねっ》くさき汝《な》が腋《わき》のにおいをかげば、
幻に、わが目は見るよ、楽しげにひろがる海辺《うみべ》、
照りつづく眩《まば》ゆき陽《ひ》かげ。

ものうさのこの島に、自然は恵む、

怪奇なる姿の樹木、甘美なる果実のあまた、
痩《や》せて強げな男たち、
ほしいままなるまなざしの、人驚かす女たち。

麗《うる》わしき気候の方《かた》へ、汝《なれ》が香《か》のみちびくままに、
幻にわが目は見るよ、沖つ辺《べ》の波のつかれのなお残る、
帆と檣《はしら》、林なす港の景色、

あたりを流れ、鼻をうつ、
みどりなす羅望子《タマラン》の、かおりの高さ、
さそわれて、心は遠く耳に聞く、船のりの唄《うた》のひとふし。

二三　髪

襟《えり》あしかけてふさふさと波うつ髪よ！

おお、捲毛《まきげ》！　懈怠《けたい》をこめし匂《にお》いかな！
忘我の境よ！　われ今宵《こよい》、暗き寝所《しんじょ》に満《み》たすべく、
この髪の深所《ふかど》に眠る思い出を、
うち振らな、ハンカチのごとくにも！

匂いの森よ、汝《な》が奥に、
ものうさのアジア州、火のごときアフリカや、
亡《ほろ》びしとさながらの、在らぬ国、遠つ国、生きたりな！
楽《がく》の音《ね》にひとごころ酔うと似て、
恋人よ、わがこころ酔いたるよ、君が香《か》に。

かの国へ行かまほし、太き編毛《あみげ》よ、うねりつつ、われをし運べ、
人も樹《き》も生々《せいせい》の気に満ちながら
炎暑に堪えでめくるめく、激しき国へ！
黒檀《こくたん》の海にも似たるくろ髪よ、汝《な》は秘めたるよ、
帆と水夫《かこ》と、ほのおとマスト、華麗なる幻影を、

港あり、鳴り高し、ここにわがこころは飲むよ、
なみなみと、色と香《か》ともの音《ね》と。
船群れて、黄金《こがね》なす波間をすべり、
四時《しじ》に移らぬ炎熱の、真澄の空の光栄を
抱《いだ》かんとして、檣《ほばしら》の、巨大なる腕《かいな》を延べつ。

まことの海のひそみいるこの黒髪の大海《おおうみ》に、
酣酔《かんすい》にあこがれ狂う、わが額《ぬか》を溺《おぼ》らせてんや。
かくてわが心は敏《と》くも、たゆとう波に揺られつつ、
見出《みいだ》すらんか、おお、実り多き安逸よ、
香ぐわしき余暇の、ほしいままなる享楽《きょうらく》を!

はためく闇《やみ》の幟《のぼり》なる、みどりなす黒かみよ、
おん身はわがための、円《ま》ろくしてひろやかなる青空なり。
ちぢれたる毛筋のはての、和毛《にこげ》なす生えぎわに、

われ狂おしく酔い痴《し》るる、
椰子油《やしゆ》の、麝香《じやこう》の、さては瀝青《れきせい》の交じるかおりに。

いつまでも！　飽くこと知らに！　たわわなる汝《な》が黒かみに、
紅玉や、真珠青玉《サファイア》、撒《ま》きちらすこの営みも、
わが欲念のいざないに、君つねに応《いら》えとにこそ！
君はげに、ありつるよ、わが夢のオアシスに、
思い出の美酒なみなみと、そこにわが汲《く》む酒がめに！

二四

悲しみの壺《つぼ》よ、大ように静もる女《ひと》よ、
夜の空ほど君恋しきよ、
そぶりつれなく、佳《よ》き人よ、疎《うと》んじて、
わがのぶる双の手と憧《あこが》れの大空と

皮肉にもいよいよに、隔て給《たま》うと知るさえや、
わが宵々《よいよい》の飾《かざり》の君よ、いよいよに恋しさつのる。

声あげて屍《しかばね》に這《は》いすがる蛆虫《うじむし》の一群と似て、
攻めては進み、襲うてはわれすがるよな、
情《つれ》ない限りの野獣《けだもの》よ！　冷たき君が仕打《しうち》ゆえ、
いよいよに、君美しく、君恋しきよ！

二五

お前は自分の閨房《ねや》に全宇宙でも引ずり込む積りだ、
ふしだらな女よ！　倦怠《けんたい》がお前の心を残忍化する。
この希代《けったい》な戯《たわむ》れに歯を慣らすため
毎日お前は一つずつ心臓を嚙《か》みつぶす必要を持つ。
見世窓か、夜祭の燈明台《とうみょうだい》のようにきらつくお前の瞳《ひとみ》は

持前の美の法則は知らぬげに、
徒《いたずら》に、借りものの権力ばかりふりまわす。
聾で盲で、意地の悪いが特徴の機械よ！
世界の生き血を飲みつくす衛生器具よ、
どうして恥しくないのか、よくも鏡を見るたびに
顔色を失わずにいられるものだ？
秘策の妙に抜《ぬき》ん出た大自然《おおあめつち》がお前を道具に
おお、女よ、おお、罪の女王よ、
——下賤《げせん》な獣《けだもの》、お前を道具に——一人の天才をでっち上げる時も時、
心得顔でいた悪の偉大さをまのあたりに見て
愕然《がくぜん》とたじろがずにいられたものだ？

下劣極まる偉大さよ！　崇高極まる屈辱よ！

二六　それでも足りない

夜のように鳶色《とびいろ》で、麝香《じゃこう》と葉巻の混り合った
かおりを立てる風変りな女神よ、そんじょそこらの黒人の
魔法使の手に成った大草原のファウストよ、
黒檀《こくたん》の脇腹《わきばら》をした魔女よ、暗い夜更《よふけ》が生んだ子よ、

＊美酒よりも阿片《あへん》よりも、恋の誘いの生動する
そなたの口の媚薬《びやく》の方が僕にとっては有難い。
そなたへと隊伍《たいご》を組んで僕の慾情《よくじょう》が押しかけるあの時は
そなたの瞳《ひとみ》が僕の倦怠《けんたい》の水飼場とはなるよ。

そなたの通風筒、黒目がちなつぶらな双の眼《まなこ》から、
おお、無慈悲な悪魔よ！　そうまで情炎を噴きかけるな
僕だとて地獄の川《＊ステックス》ではないのだから九度《ここのたび》そなたを抱くのはむずかしい、

淫蕩《いんとう》な魔女よ、そなたのベッドの地獄の中で、
*プロセルピーヌとわが身をなして、そなたに悲鳴をあげさせて、
そなたをへたばらせることは、残念ながら僕には出来ない！

二七

波かとうねり、真珠かと照り栄《は》ゆる衣裳《きぬ》、
歩むさえ踊ると似たるこの女《ひと》や、
巫《かんなぎ》のかの手妻師《てづまし》ら、調子とり、
小枝もて踊らする、丈け長き蛇《くちなわ》もさながらよ。

にび色の沙漠《さばく》の砂とその空と、
人間の苦悩《なやみ》は更に知らぬげな、ものとかも似て、
渡津海《わたつみ》の長きうねりのゆたゆたと、

人なげの、この女《ひと》の起居《たちい》かな。

澄みとおる眼《まなこ》はも、惑わしの礦《いし》かと見えつ、
矜《ほこ》りかの天使の性《さが》と古《いにし》えの謎《なぞ》のこころと、
一切は、黄金《こがね》と鋼《はがね》、光明とダイヤモンドの、

あやしきさまの兆《きざし》めく女《ひと》の姿に、
燦《さん》として、空《むな》しき星もさながらの、
石女《うまずめ》の冷たき威厳、輝くよ。

二八　踊る蛇

いしくもわれの愛《め》ずるかな、ものうげのわが恋人よ、
　美しき汝《な》が肉体の
肌《はだえ》、消えがての星に似て

いざようごとく輝くを！
香《か》も高き、汝《な》が髪の
そこいなき海の波、
さみどりに、また金いろに
よせかえす上に寝て。

朝風に、めざめやしけん
船と似て、
わがこころ、夢追いて、帆をはりつ、
遠つ空しのびつつ。

やさしさも、つれなさも、
影みせぬ、汝がまなこ、
金と鉄うち合せ、
作りけん冷たき宝玉《かざり》。

放埒《ほうらつ》のわが恋人よ、歩調妙《あしどりたえ》に
　汝が行くを、
人見ては、言わざらましか、
　小枝の先にうち踊る蛇《くちなわ》なりと。

性《さが》の懈怠《けたい》にけおされて
　童《わらべ》めく汝が頭《こうべ》
象の仔《こ》の身ぶりさながら
　なよなよしくも揺るるかな。

姿よき一隻《せき》の船
　帆桁《ほげた》まで水《み》づくかと
舷《げん》より舷へ打ち揺るるさまと似て
　汝が四支《よつえだ》の傾きつ、はたのびつ。

轟々《ごうごう》の氷河の溶けて水増さる
　流れとも似て、
汝が口中に水あふれ
　白妙の汝が歯並みひたすを見ては、
辛《から》けれど酔い早き
　ボヘミヤの葡萄酒《ぶどうしゅ》を飲む心地、
わが心中に星ふらす
　空を飲む心地ぞさるる！

二九　腐《ふ》肉《にく》

恋人よ、思い出《いで》てよ、かの夏のさやけき朝《あした》、
　われら見たりし、かのものを。
小径《こみち》のとある曲り角、醜悪《みにく》さの限りの腐肉、

砂利のしとねに、まろびありしよ、
多淫《たいん》なる婦《おんな》のごとく、両の脚、空《くう》を蹴《け》り、
狂おしき身ぶりして、毒に汗ばみ、
厚かましくも、しどけなく、
異臭の腹部さらしたり。

陽《ひ》は照りつけぬこの腐肉、
程よきほどに煮炙《にや》きして、
〈自然〉へ還《かえ》るこのものを、
百千倍にふやさばと、

咲く花の匂《にお》うがごとく、大空は、
壮《さか》んなるこの亡骸《なきがら》を、見てありぬ。
悪臭の激しくて、君、すでに、あやうくも、
倒れんとこそし給《たま》いつ、草の上《へ》に。

腐《あざ》れ爛《う》むこの腹のうえ、さ蠅《ばえ》群れ、
　生けるままなる襤褸《ぼろぼろ》の肉を伝わる、
膿汁《うみしる》もさながらに、
　蛆虫《うじむし》の黒々とかたまり這《は》うよ。

このものは、波に似て、寄せつ、返しつ、
　光りつつ舞い立ちつ。
亡骸《なきがら》は、気にふくらみて、
　生くるがごとし。

このものは、また怪しくも音《ね》を立てつ、
　流水に似て、風に似て、
また箕《み》にかけて打ちあおる、小麦の音《おと》の、
　調子ある響きとも似て。

美しき形象《かたち》は消えて、残れるはただに夢のみ、
　忘られて画布にうかぶは、
思い出をたよりに、画家のたどりゆく、素描《すがき》のみ
　運筆のたどたどしさよ。

石かげに身をひそめ、牝《めす》の犬、
　怒《いか》るまなこにわれねめき、
喰《くら》い残せし肉片を、この死体より
　取り戻さんず、折り待つと。

――さりながら、君もまた、汚穢《おえ》の物、
　いとわしきこの悪臭と似ん、
わが眼《め》の星よ、わが心の日輪よ、
　おん身、わが天使、わが愛慕よ!

さなり!　おん身かくならん、おお、わが艶美《えんび》の女王、

息たえて、
草葉のかげの
白骨と朽ちん時。
その時よ、おお、わが麗《うる》わしの君よ！
告げよ、口つけておん身むしばむ蛆《うじ》たちに、
このわれの、世に生きて、今は空《むな》しきわが恋の
美しきありし日のありがたち、忘れじの末かけて、記《き》したりと！

三〇 深淵《しんえん》より呼びぬ

神よ、わが愛する唯一《ゆいいつ》のものよ、わが魂の陥った
この暗い深淵の底に在って、み情《なさ》けを乞《こ》い奉《たてまつ》る。
ここは見渡す限り鉛に鎖《とざ》された寒々とした世界、
夜もすがら漂うは畏怖《いふ》と冒瀆《ぼうとく》。

熱のない太陽は続けて六月《むつき》も頭上にかかり、
残る六月《むつき》は夜が地を被《おお》い続ける。
ここは極地にも増して荒涼の土地、
——動物もいなければ、小川もなく、青草も森もない！

それさえあるに、凍《い》てついた太陽の冷酷な残忍さ
劫初《ごうしょ》の「混沌《こんとん》」に似た底知れぬ夜の醸《かも》す
怖《おそ》ろしさに優《まさ》るものは何処《どこ》にもあるまい。

冬眠の麻痺《まひ》に落込む能のある
下等動物が羨《うらや》ましくなるほどに
時の流れはのろくさい！

三一 吸血鬼

懐剣のひと突きのごと
あわれなるわが胸に、突き入りし汝《なれ》、
一団の悪鬼のごとく、あらくれて、
狂おしく、また装いして、
来《きた》りては、へりくだるわが心をば、
自らのしとね、領土ともなしつるよ。
――汚穢《おえ》の毒婦よ、われ、汝《なれ》に結ばれたるよ、
囚人《めしゅうど》と鎖のごとく、
博好《ばくず》きとばくちのごとく、
酔漢と徳利のごとく、

蛆虫《うじむし》と腐肉《ふにく》のごとく、
——汝《なんじ》こそ、呪《のろ》われて、呪われてあれ！

汝《な》をなみし、わが自由とり戻さんと、
さやばしる剣《つるぎ》に乞《こ》いつ、
わが気弱、たすけよと、
不実なる毒薬《どく》に求めつ。

あな哀れ！　毒薬《どく》も、剣《つるぎ》も、
さげすみて、われに応《こた》えき、
《汝《なれ》が身に、その価《あたい》なし、
呪われの奴隷《どれい》の身より、救うべき価汝《な》になし。

愚者、汝《なんじ》！　われら、努めて、
哀れなる地獄より、汝《なれ》を救うも、
汝《なれ》が情痴の口づけは、また蘇《よみがえ》らせん、

自らの血を吸う鬼の、なきがらを！》

三二

死体に添寝する死体のように、
ある晩僕は醜悪な「ユダヤ女」の側《そば》にいた、
売物のこの肉体の傍《かたわら》で、僕は偲《しの》んだものだった、
自分の慾情《おもい》の通わない別な美人の肉体を。

僕は偲んだものだった、生れながらに備《そな》わったその気高さを、
優にやさしく力あるそのまなざしを
香たきこめた兜《かぶと》のような、
思い出すさえ恋情のひときわつのる髪《かみのけ》を。

そなたの気高い肉体に火の接吻《せっぷん》を押しつけて、

爽《さわや》かな足の先から黒髪の先の先まで
愛撫《あいぶ》の宝をばら撒《ま》いて見たいと希《ねが》う僕だから、

ひと夜そなたが、万が一、おお、むごさの知れない女王よ！
手管にわたらぬ涙の露に、冷たい瞳《ひとみ》の輝きを
曇らすことさえ出来たなら。

三三　死後の悔恨

憂《うれ》いがちなる恋人よ、黒大理石《なめいし》を重ねけん
奥津城《おくつき》深く君眠り、
寝所とも館《やかた》とも、ただ一つ、
雨露したたりて空《うつ》ろなる、墓穴《はかあな》を持つのみの時、

墓石の、もの怖《お》じの汝《な》が胸を、ものうげに打ちくねる、

汝《な》が脇腹《わきばら》を圧《お》しひしぎ、
心臓の鼓動も、欲もさまたげて、
浮かれ歩きの汝《な》が足を、引きとめん時、

わが妄想《もうそう》のよき友の墓の、言うらん、
（げに墓は、とこしなえ、詩人《うたびと》を解したり）
眠られぬ汝《な》が永き夜な夜なに、

《名のみ、似げなき遊び女《め》よ、あわれ汝《なれ》、
知らずというや、死者も泣く？》
――この時よ、蛆《うじ》の来て、汝《なれ》が肌《はだか》嚙まん、悔恨の如《ごと》くにも。

三四　猫《ねこ》

来《きた》れ、美しき猫よ、人恋うるわが胸の辺《へ》に、

汝《な》が趾《あし》の鋭き爪《つめ》は、隠せかし、
かくてわれをして溺《おぼ》れしめよ、鉄と瑪瑙《めのう》よりなる
　美しき汝《な》が眼《まなこ》のうちに、

汝《な》が頭《こうべ》、なよやかなる背すじかけ、
　わが指のしずしずと撫《な》でさするまに、
掌《てのひら》のいつしかに、快く汝《な》が体《たい》のエレキを享《う》けて、
　酔うほどに、

われの思うは恋人よ。まなざしの
　汝《なれ》と似たりな、おお、猫よ、
澄みて冷たく、鏃《やじり》のごとく切れ長く。

　その人よ、とび色の総の身めぐり、
抜け目なき気色《けわい》の流れ
　怪しげな香《か》の漂うも。

三五 決闘

戦士二人、駆け寄って、切り結ぶ、
空中へ剣《つるぎ》が火花と血しぶき吐いた。
丁々発止《はっし》、剣《つるぎ》が立てる騒音も、こんなけんかも
青春の恋の悩みがさせる業《わざ》。

剣《つるぎ》は折れた！ 愛する女よ！ 僕らの青春そっくりだ、
だがやがて、歯と研ぎすました爪《つめ》が
裏切者の剣と短刀に代るはず。
――恋の恨みに燃えさかる心の炎の激しさよ！

山猫《やまねこ》や豹《ひょう》の出歩く谷底へ
僕らの主人公たちは、取組《とっく》みながら落込んだ、
彼らの肌《はだ》に滲《にじ》む血は不毛の茨《いばら》に花咲かす。

——この深間《ふかま》、これこそは僕らの友の犇《ひし》めく地獄！
情《なさ》け知《し》らずの女戦士《アマゾーヌ》よ、気前よく、僕らも其所《そこ》へ落込もう、
僕らの憎悪《ぞうお》の激しさを久遠《くおん》のものにしようため！

三六　おばしま

思い出の母よ、最愛の恋人よ、
おん身、わが歓《よろこ》びのすべて！　おん身、わが絆《きずな》のなべて！
思い出《いで》てよ、かの頃《ころ》の愛撫《あいぶ》の甘さ、
楽しき炉ばた、ゆうべゆうべの夢心地、
思い出の母よ、最愛の恋人よ！

烈火の如《ごと》くあきらけく、照り栄《は》ゆるゆうべゆうべや、
また、ばら色のもやこむる、おばしまの集《つど》いのゆうべ。

おん胸の甘かりけるよ！　み心のやさしかりしよ！
われらかたみに語りにき、幾そたび、不滅の言葉、
烈火の如くあきらけく、照り栄ゆるゆうべゆうべや。

暑き日の暮れ方の、太陽の麗《うるわ》しきかな！
天地《あめつち》の意味深きかな！　愛情の強きかな！
おん身が方《かた》へ寄り添いて、おお、最愛の恋人よ、
おん血の匂《にお》い嗅《か》ぐ心地、われにありしよ。
暑き日の暮れ方の、太陽の麗しきかな！

夜《よ》の闇《やみ》は、壁に似て、深まさり行きつるに、
わが眼《まなこ》、なお闇に、おん瞳《ひとみ》、見知れるよ、
われ吸いぬ、おん息吹《いぶき》、おお、甘味《かんみ》、おお、毒よ！
おん足ぞ眠りたれ、わが掌《てのひら》に抱《いだ》かれて。
夜《よ》の闇は、壁に似て、深まさり行きつるに。

われは知る、過ぎ去りし幸せの時よび返す、その術《すべ》を、
おん膝《ひざ》にうずくまり、来《こ》し方を再び見たり。
いとしき君が肉体と、やさしき君がみ心を、
よそにして、けだるげな君が美を、求むるも詮《せん》無きよ！
われは知る、過ぎ去りし幸せの時よび返す、その術《すべ》を！

かの誓い言《ごと》、かの匂い、かのそこばくの接吻《くちづけ》よ、
測り知り得ぬ深淵《しんえん》の、そこいより蘇《よみがえ》り、来《きた》るにや、
わだつみの深きに沈み浴《ゆあ》みして、
若やげるかの太陽の、朝《あした》の空に、昇るごと？
——おお！ 誓い言《ごと》、おお、匂い、おお、そこばくの接吻《くちづけ》よ！

三七 憑《つ》かれた男

太陽は黒布をまとった。彼に似て、

おお、僕の命の「月」よ、そなたも影に包まれろ。
眠ろうと、煙草《たばこ》のもうと勝手だが、口きくな、はしゃぐな、
そして「倦怠《けんたい》」の淵《ふち》の深間《ふかま》に沈み入《い》れ。

そのようなそなたが僕は好きなのだ！　但《ただ》し今宵《こよい》、そなたがもし、
蝕果《しよくは》てた星が、薄明りから出て来るように
「狂熱」の漲《みなぎ》る陽気な場所へ羽根がのばしたいのなら、
それもよかろう！　可憐《かれん》な懐剣よ、鞘《さや》を脱げ！

燭《しよく》の炎でそなたの瞳《ひとみ》に火を点《つ》けろ！
野鄙《やひ》な男たちの眼《め》の中の情慾《じようよく》に火を点《つ》けろ！
ひ弱げなもの、あらくれたもの、そなたのすべてが、僕には嬉《うれ》しい。

暗夜だろうと、茜《あかね》さす明け方だろうと、気の向くままなものになるがよい。
わななく僕の全身のどの一筋の繊維にも、
叫んでいないものはない、《おお、愛すべき魔の王よ、愛すよ》と。

三八　ある幽霊

1　暗闇《くらやみ》

「運命」が早くも僕を押し込めた
測り知れないほど寂しいここは窖《あなぐら》、
ばら色で陽気な光なぞ絶対にさしこまない、
陰気な女主人「夜《よる》」とそれから僕だけだ、

皮肉な「神」の命令で、闇に絵を描く
気の毒な画工のような身の上だ。
いかもの食いの料理人
僕は自分の心臓を湯煎《ゆせん》にしては食べている、

時にちらりと閃《ひらめ》いて、艶《あで》にみやびた幽霊が
忍び足、姿を見せることがある。
その背《せ》すがらをひと目見て、

東邦の夢見るような物腰に、
僕は見識《みし》った、美しいこの来客を、
「彼女」であった！　黒いがままに輝いて。

2　香

読者よ、君は時あって、吸い込んだことはないかな、
陶然とむさぼるようにゆったりと
聖舎に満ちた薫香《くんこう》を、
花袋《においぶくろ》に染《し》み込んだ蘭麝《らんじゃ》の香《こう》を？

まことにこれは、現在に甦《よみがえ》り、僕らを酔わせる過去の時間だ、
幽玄な魔法の魅力だ！

かくてこそ恋人は愛人の肌《はだえ》にふれて
思い出の甘やかな花も摘みとる。

生きた花袋《においぶくろ》寝室の振香炉《ふりこうろ》と呼ぶにふさわしい
しなやかで重い彼女の頭髪《かみのけ》から
野生の香気が立ち舞った、

そして爽《さわや》かな彼女の若さの染みこんだ
モスリンか、びろうどか、彼女の着衣《きもの》から、
毛皮の匂《にお》いが舞い立った。

3　額縁

どんな大家の作にまれ、絵には
立派な額縁があってこそ、
大自然からくっきりこれを離して
言い知れぬ風趣を添える、

これと同じく、宝石が、家具が、金具が、金箔《きんぱく》が、
彼女の特殊な美に和《あ》った。
完全な明朗ぶりを傷つける何物もなく
一切が額縁に役立った。

あらゆるものに愛される自分を誇るかのように、
玉なす肌《はだ》の真裸《まはだか》を、時に彼女は溺《おぼ》らせる、
繻子《しゅす》とリンネルの接吻《せっぷん》に、みだらがましく、

ゆるやかな、または素早い
身じろぎの一つ一つに、
子供めくお猿《さる》の媚態《しな》をのぞかせた。

4 肖像

僕らのために燃え立った、火の一切を

「病気」と「死」とが、灰にする。
切れ長の、やさしさこめた熱烈な、あの眼《まなこ》さえ、
僕の心を溺らせたあの口さえが、
薄荷《はっか》のように強烈な、あの数々の接吻が、
日の光より生《いき》のいい、あの度々の合歓が、
いま何を残しているか？　魂よ、何たるこれは切なさだ！
一枚の淡彩の鉛筆描きの色褪《いろあ》せた素描《すがき》だけとは、

それさえが、僕も同様、孤独のうちに消えて行く、
「時」という名の理不尽な老いぼれの
厳《きび》しい翼に日ごと日ごとに擦《こす》られて……

ああ、時よ、「生命」と「芸術」の腹黒い暗殺者よ、
さしもの君も、為《な》し得まい、僕の快楽であり、光栄でもあった
かの女を僕の記憶から消し去るだけは！

三九

そなたにこれらの詩篇を与える心は
万が一僕の名が、幸いに後世にまで残り、
北の暴風《あらし》が沈め洩《も》らした舟のように
何時《いつ》の夜にか、人々を夢想に誘い、

おぼろげな伝説に似たそなたの死後の名が、
月琴の響きのように読者を退屈させながら
然《しか》も神秘な鎖によって、高ぶった僕の詩に
つながって残るようにしたいがためだ。

奈落《ならく》の底の深間《ふかま》から九天《きゅうてん》の高きにかけて
僕以外答える者がないという呪《のろ》われ女《びと》よ!

——おお、そなた、足跡の消え易《やす》い幽霊もさながらに、
事なげな足どりと澄んだ冷たいながしめで、
あしざまにそなたの上を噂《うわさ》した世間の愚者を蹴《け》ちらかす、
黒耀《こくよう》の瞳《ひとみ》の像よ、青銅の額《ひたい》の天使よ！

四〇　相も変らず《センペル・エアデム》

《岩肌《いわはだ》の黒きに寄する上げ潮の、海さながらの君がその、
奇怪なる悲しみの理由《いわれ》いかに》と、君問うや？
——ひと度の思いも遂《と》げしその後《のち》は、生くるさえ、苦しみぞかし！
こは万人の識《し》る秘密、

世の常の埒《らち》もなき憂《うれ》いのみ、
おん歓《よろこ》びもさながらに、誰が目にも明らけき。

理由《いわれ》とや？　求《と》むるをやめよ、美しき好奇の女《ひと》よ！
よしたとい、おん声のやさしくも、黙せかし！

黙せかし、心なの君！　憂い知らぬ魂よ！
童《わら》べめく笑いの口よ！　知り給《たま》わずや、
生にも増していりくみし死の絆《きずな》、人の身をとらえてあると。

任せかし、わが心、〈虚偽《いつわり》〉に酔いたるままに、
美しき夢みるごとき思いして、麗《うるわ》しくおん目にひたり、
おんまみの睫毛《まつげ》のかげに、何時《いつ》までも、眠るがままに！

四一　彼女のなべて

「悪魔」今朝《けさ》、わが室へ、訪れ来《きた》り、
すきあらば、咎《とが》めくれんと、

意気ごみて、
さて、問いぬ、《知らまほし、
かの女《ひと》の魅力を成せる
美しきもののうち、
愛すべき肉体を組み立つる
黒き、また、ばら色のもののうち、

第一によろしきは、何《なに》?》おお、心よ!
いしくも汝《なれ》の答えたり、嫌《きら》われ者に、
《「かの女《ひと》」にあって、一切は、ただゆかしさよ、
選ぶべき何ものもなし。

全体にわれ酔いたれば、
気づかぬよ、何ゆえの痴《し》れ心地とも。
「朝」のごと、彼女は眩《まぶ》し、

「夜」のごと、彼女は治癒《いや》す。

美しきこの肉《ししむら》を支配する
調和《アルモニー》あまりの妙《たえ》に、
非力なる分析の
一々の音いろ験《けみ》さん術《すべ》あらず。

わが五感、一《ひと》つに凝りつ
不可思議の転身よ、これ！
彼女の声は、香気にて、
彼女の息は、楽《がく》の音《ね》よ！》

四二

今宵《こよい》、何をか告げんとや、哀れにも、寄るべなき魂よ、

何をか告げんとや、わが心、かつては傷つきし者よ、
聖《きよ》らけきそのまなざしの、たちまちに、汝《な》を返り咲かせし、
絶美なる、絶好なる、絶愛のかの女《ひと》に？

——われら誇《ほこり》となさん、かの女《ひと》の賛歌をなして、
げにや世に、あらじかし、かの女《ひと》の権能ばかり、甘美なる。
形而《けいじ》を越えしその肉に、天使らの香気あり、
まなざしのわれら包むよ、かがやきの衣《ころも》もて。

ひとりいの夜《よる》にしもあれ、
人ごみの街路《まち》にしもあれ、
かの女《ひと》の姿は舞うよ、わが前に炬火《たいまつ》さながらに。

時あってささやきて言う、《わが身美しければ、
願わくは、「美」のみ君、愛せよと、命令す、
われは守護の天使、詩神《ミューズ》にして、聖母《マドンナ》なれば！》

四三 生きた炬火《たいまつ》

その「双の眼《め》」は歩み行く、われの行手を、光明に溢《あふ》れて、
多能の天使、磁力なんぞ仕掛けたらしく。
その、「双の眼《め》」は歩み行く、聖なる兄弟《うから》、わが兄弟《うから》、
双のわが眼に煌《きら》う炎を点じつつ、

あらゆる罠《わな》と罪業《ざいごう》から、われを救って、
その「双の眼」は、「美」の道へわれを導く。
その「双の眼」はわが下僕《しもべ》、またわれはその奴隷《どれい》、
生きたこの炬火に身をあげてわれの従う。

愛すべき双の眼よ、君ら、白昼御堂《まひるみどう》に燃えさかる
大蠟燭《だいろうそく》の神秘な光に輝くよ。太陽《ひ》の前に

赤らむが、燃えさかる炎は消えない。
御堂の燭《しょく》は「死」を祀《まつ》る、君らは「覚醒《めざめ》」を歌い出す。
君らは行くよ、わが霊の甦《よみがえ》りをば歌いつつ、
どんな不敵な太陽も光をうばわぬ双の星！

四四　肩がわり

陽気な天使よ、君は知るか、懊悩《おうのう》を、
汚辱を、後悔を、涕泣《ていきゅう》を、倦怠《けんたい》を、
心臓を紙屑《かみくず》のように揉《も》みくちゃにしてしまう
厭《いと》わしい夜々《よなよな》のとりとめのないあの恐怖《おののき》を？
陽気な天使よ、君は知るか、懊悩を？

心の優しい天使よ、君は知るか、憎しみを、

「復讐《ふくしゅう》」がうるさく太鼓を打ち鳴らし
僕ら人間の能力の指揮者となって迫る時
人知れず握る拳《こぶし》を、苦汁の涙を？
心の優しい天使よ、君は知るか、憎しみを？

健康な天使よ、君は知るか、「熱病」を、
黒ずんだ病院の高塀《たかべい》添い
追出されでもしたかのように、足どり重く、
ほんの僅《わずか》な日ざしを求めて、唇《くちびる》を顫《ふる》わせながら行く者を？
健康な天使よ、君は知るか、「熱病」を？

美貌《びぼう》の天使よ、君は知るか、老いの小皺《こじわ》を？
老いの怖《おそ》れを、かつては久しく僕らの眼が、
情熱を飲みつづけて来た女《ひと》の眼の中に、
献身を厭うそことない兆《きざし》を読みとる忌《いま》わしいあの切なさを？
美貌の天使よ、君は知るか、老いの小皺を？

幸福に、歓喜に、そして輝きに満ちた天使よ、
死の床のダビデ*なら、君の美肌《はだえ》の放射から
健康を得ようとしたかも知れないが、
天使よ、僕が願うのは、君の祈り以外にない、
幸福に、歓喜に、そして輝きに満ちた天使よ！

四五　告　白

一度、ただ一度、愛すべき優しい女《ひと》よ、
　象牙《ぞうげ》のようなあなたの腕が、
僕にすがった（暗い心の背景に
　思い出は、褪《あ》せずにくっきり残っている）。

夜は更《ふ》けていた、新鋳《しんちゅう》の賞牌《メダル》のように、

満月が空に冴《さ》え、
厳かな夜《よる》の気配が、大河のように、
眠るパリの上にひろがっていた。

屋並み沿い、車寄の下のあたり、
聴耳立てた猫《ねこ》たちが、こそこそと歩いていたり、
さもないものは、心易《こころやす》い影のように、
しずかに僕らについて来たり。

蒼《あお》ざめた月の光に誘われて咲き出した
心置きなく溶け合った気持のさなか、
いつもなら、輝かしいほど快闊《かいかつ》な音色しか立てない
音量ゆたかな楽器のあなたから、

輝く朝に鳴り渡る吹奏楽ほど明朗で
陽気な気質のあなたから、

嘆きの節《ふし》、奇怪な調子《ふし》が
　よろめくように、洩《も》れて来た

恥かしいので家族の者が人目をさけて、
　人知れず、久しく窖《あなぐら》にでも隠して置いた
虚弱《ひよわ》い、醜《みにく》悪い、陰惨な、片輪の女の子のように、
　よろめくように洩れて来た。

哀れな天使よ、その節《ふし》は、大声に、あなたの嘆きを歌ってた、
　《浮世は一切空《くう》の空《くう》、
色々と取繕ってはみるものの
　人間の利己主義が結局尻尾《しっぽ》を出しちまう。

美人だということさえが、辛《つら》い商売、
　冷淡で気違い染《じ》みた踊り子が、
つくり笑いを見せながら、気絶するのと同じほど

つまらぬ仕事。
当てにならぬが人ごころ。
愛だとて、美だとてみんな一切は崩れてしまう。
とどのつまりは「忘却」が、負籠《おいこ》にひょいと投げこんで、
「永遠」へ運び込むのが関の山！》

幾度となく美しいあの夜の月を思い出す、
あの沈黙《しずけ》さを、切なさを
ささやくようにしんみりと
心が伝えたあの懺悔《ざんげ》。

四六　心の夜明け

茜《あかね》と白の明け方が、「良心の呵責《かしやく》」と連れ立って

蕩児《とうじ》の胸にさし込むと
膺懲《こらしめ》の不思議な作用が働いて
眠りほうけたぐうたらの心に天使が目をさます。
見果てぬ夢になお悩む打ちのめされた男にも
及び得ぬあこがれの青空は「心の空」にうち開《ひら》け
深淵《しんえん》の魅力を湛《たた》え深まさる。
恋人よ、愛《いと》しい女神よ、聡《さと》くまた清けき「者」よ、だからこそ、

大乱痴気の酒盛《さかもり》の杯盤の狼藉《ろうぜき》の上、
いよよ明るく、ばら色に、いよよ可憐《かれん》に、君が思い出、
見据《みす》える瞳《ひとみ》にいつまでも、舞い飜《ひるが》える。

朝の日かげに宴《うたげ》の燭《しょく》は色褪《いろあ》せた、そして今、
恋人よ、光かがやく魂よ、
不死の太陽さながらに、君はあらゆるものに勝つ！

四七　夕べのしらべ

時の来て、花柄《はながら》の上にわななきて、
いま、花々は香《か》に匂《にお》う、焼香炉《こうだき》もさながらに。
音《おと》と香気と、夕ぐれの空気に溶けつ。
ああ、なやましの円舞曲《ワルツ》かな、ああ、ものうさの目眩《めくるめき》！

いま、花々は香《か》に匂う、焼香炉《こうだき》もさながらに。
ヴィオロンは、悲しめる心の如《ごと》くわななきて、
ああ、なやましの円舞曲《ワルツ》かな、ああ、ものうさの目眩《めくるめき》！
かの空は、さびし美し、大いなる祭壇に似て。
ヴィオロンは、悲しめる心の如くわななきて、
限りなき暗き虚無をば、憎むなる、やさしき心！

かの空は、さびし美し、大いなる祭壇に似て、
陽《ひ》は溺《おぼ》る、自らが凝《こご》る血の海……。

限りなき暗き虚無をば、憎むなる、やさしき心、
光ある過ぎ来し方の、ありとある、名残を集む！
陽は溺る、自らが凝る血の海……。
あわれ汝《な》が思い出の光れるよ、わがうちに、聖体盒《せいたいごう》のごとくにも！

四八　香水の壜《びん》

どんな物質でも浸透する強い匂《にお》いがあるものだ。
どうやら硝子《ガラス》にさえそれは染《し》み込むらしい。
錠前が錆《さ》びついて仲々開《あか》ないような、
昔、東邦から将来された小匣《こばこ》を無理に開けたり、

人の住まなくなった古家《ふるや》に置き忘られ、煤《すす》けて、埃《ほこり》まみれの、
むせかえるような昔の匂いで一ぱいな簞笥《たんす》を開けたりすると、
思い出し顔の古い香水の空壜が見つかったりして、
生き生きと昔の人の心が甦《よみがえ》ったりすることがある。

重苦しい闇《やみ》の奥に静かに呼吸《いき》づきながら
みじめな蛹《さなぎ》のように眠っている千百の思いが、
青に染み、ばら色に照り、金いろに輝いて、
羽根をのばして、舞い立ち上る。

すると忽《たちまち》に、甘味《かんみ》な思い出が乱れ飛んで、
人は眼《め》を閉じて思いにふける。
「眩惑《げんわく》」がたじろぐ魂を打ち敗《ま》かし、
人間の毒気立ち迷う暗い淵《ふち》へ両手で押しやり、
千古変らぬ人情の淵瀬の岸に捻伏《ねじふ》せる。

見ると其所《そこ》には、屍衣《しい》引裂いて立ち上る屍臭《ししゅう》はげしいラザロ*のように、
腐れ果て、葬《ほうむ》り去られ、然《しか》もなお忘れかねた
昔の愛慕の幽霊のような屍《しかばね》が目覚めかけうごめいているというわけ。

これと同じく僕もまた、やがて、人の記憶から消え去って、
古い哀れな香水の空壜のように、老いさらばいて、埃にまみれ
みじめによごれ、ねとついて、ひびさえはいり、
不吉な箪笥の引出しの隅《すみ》に片づけられる時、

愛すべき厄病神《やくびょうがみ》よ、僕はお前のお棺になるぞ！
僕はお前の偉力と毒の力の証拠になろう、
天使たちの調合になるなつかしい毒薬よ！
僕を焼き焦《こが》す液体よ、わが心の生にしてまた死なる者よ！

四九　毒

世にもみすぼらしいあばら家を
奇跡のような豪奢《ごうしゃ》で飾り、
曇った空の夕日のように
　赤い靄《もや》こめる金色《こんじき》の中に
夢のような廻廊《かいろう》を浮び上らせる力を酒は持っている。

阿片《あへん》の力は、限界のないものを更におし拡《ひろ》げ
　無窮を更に引のばし、
時間を深め、逸楽を掘下げ、
　容量を超《こ》えて魂を
暗くわびしい快楽で一杯にしてくれる。

それなのに酒も阿片も及ばない、君の眼《め》の
　君がみどりの眼の流す、あの毒の力には、
わなないて僕の心が逆《さかしま》に影映す二つの湖水《みずうみ》……
　むらがって僕の思いが
この苦い淵《ふち》へ来てその水に渇《かわき》を癒《いや》す。

それなのに酒も阿片も及ばない、僕を嚙《か》む君が唾《つばき》の
　凄《すさま》じいあの魔力には、
何しろそれにやられると僕の心は悔もなく自分を忘れ
　上《うわ》の空《そら》夢見心地になり切って
息さえも絶えだえに死の岸辺へとたどり行く！

五〇　かげる空

そなたの眼差《まなざし》は靄《もや》につつまれているようだ、

不思議なそなたの瞳《ひとみ》の色は（青いのか灰色なのかそれともまたは緑なのか？）
やさしくも、夢見がちにも、また意地悪いようにも見えて、
空のけだるさ青白さ交互《かわるがわる》に映し出す。

そなたは思い起させる、白っぽくれた微温《ぬる》い薄曇るあの日日《にちにち》を、
そのような日日に、恋に憑《つ》かれた人たちはさめざめと、泣き沈み、
それまで夢にも知らなんだ心をさいなむ切なさにかき立てられて、
癇《かん》ばしる神経が眠る心を嘲笑《あざわら》う。

時にまたそなたは似ている、霧深い秋の季節の
太陽に照らし出された美しい地平のさまに……。
なんとそなたが輝くことだ、雲間を洩《も》れる日に映えて
濡《ぬ》れて花やぐ景色のそなた！

そなた魔性の女よ、汝《なんじ》、甘味な気候よ！
やがてそなたの雪までも、やがて汝《なんじ》の霜までも愛する僕の運命か？

氷より、鉄より鋭い快感を、心ゆるさぬ真冬から
引出す力が僕にはあるか？

五一　猫《ねこ》

1

自分の居間《いま》でも歩くみたいに
僕の脳裏を歩き廻《まわ》る
強く、優しく、愛らしい見事な猫が一匹いる。
啼《な》く音《ね》は聞きとり難いほど

細くて忍びやかながら
和《なご》み声、怒《おこ》り声、そのいずれにも
たっぷりした奥行がある。

これがこの猫の妙趣《あじ》、またその秘密。

真暗な僕の心の深間へと
この声が滴《したた》り滲《にじ》み、
調《しらべ》の妙《たえ》な詩のように満ちひろがって
媚薬《びやく》のように嬉《うれ》しがらせる。

この声は苦痛をしずめ
恍惚《こうこつ》を用意している、
長い思いを伝えるに
言葉を必要とはしない。

完《まった》い楽器、この胸に、ぴったりと触れ
堂々と
高鳴る絃《いと》を搔《か》き鳴らす弓《きゅう》は
お前の声を措《お》いて、この世にないぞ、

神秘な猫よ、清らな猫よ、
奇妙な猫よ、
そなたにあっては何も彼《か》も、天使の場合同様に、
微妙で且《か》つは程がよい！

2

亜麻いろと栗《くり》いろのその毛並から、
甘やかな匂《にお》いが立って、ある晩なぞは、
一度だけ、ただ一度だけ、撫《さす》っただけで
僕までが移り香に匂ったほどだ。

こ奴《やつ》わが家の守り本尊、
その支配下の一切を、
批判し、差配し、感化する、
妖精《ようせい》か、それとも神か？

磁石に引かれでもするように、
愛猫《あいびょう》に吸いつけられていた視線を
次にゆっくり内心に向け
自分をじっと見つめたりする時なんぞ、
其所《そこ》に見出《みいだ》して僕は驚く、
明るい灯《ひ》、生きた猫目石《オパール》、
燐火《りんか》と燃える彼奴《かやつ》の瞳《ひとみ》、
そいつがじっと僕を見ている。

五二　美しき舟

窈窕《ようちょう》たる魔女よ、われ語らばや！
おん身が若さを飾る、美《び》のさまざまの姿をば、

　おん身が美をば、われ描《えが》きいでんかな、
童《うな》いぶり成熟と相結ぶ、その美をば。

おん身、裾《すそ》ひろきスカートに、風を蹴《け》り行き給《たま》う時、
似たまうよ、沖つ辺《べ》かけて乗りいづる、美しき舟、
　帆を張りて、波のまにまに、
しずやかに、ものうげに、またゆるやかに、揺れたると。

ゆたけくも円き項《うなじ》は、小肥《こぶと》りの肩の辺《へ》に、
ぬきんじて、おん身が頭《こうべ》、常ならぬ美をほこれるよ。
　しとやかに、かつほこりかに、
おん身は行くよ、颯爽《さっそう》たる女《ひと》よ。

窈窕たる魔女よ、われ語らばや！
おん身が若さを飾る、美のさまざまの姿をば、
　おん身が美をば、われ描《えが》きいでんかな、

童《うない》ぶり成熟と相結ぶ、その美をば。
高々と張りいでて金襴《きんらん》の胸を突く、おん身が乳房、
姿ほこれる乳房こそ、美しき戸棚《とだな》なれ、
鏡板ふくらみて、輝きたるよ、
光をはじく楯《たて》と似て。

挑《いど》むよ、楯の、ばら色の鋲《びょう》ある楯の！
戸棚めの秘めたるよ、珍味や佳肴《かこう》、
葡萄酒《ぶどうしゅ》や、香料や、リキュウルや、
いずれみな、人の気も、人の心も、狂わするもの！

おん身、裾ひろきスカートに、風を蹴て行き給う時、
似たまうよ、沖つ辺《べ》かけて乗りいづる、美しき舟、
帆を張りて、波のまにまに、
しずやかに、ものうげに、またゆるやかに、揺れたると。

蹴出《けだ》しのひだに垣間《かいま》みる、おん身の形《かたち》よき脚の、
男らの情痴を誘い、かきたつる、
　小深き壺《つぼ》をかい抱《いだ》き、か黒き媚薬《びやくね》煉り合わす、
二人の鬼女もさながらよ。

おん身の腕《かいな》たくましく、力自慢の若者も手玉に取らん、
つややかな大蛇《おろち》こそ、頼もしき敵手なれ、
　面影《おもかげ》の、心の底に写れとや、
恋人を、執拗《しつよう》に抱《いだ》き締むべく、造られぬ。

ゆたけくも円き項《うなじ》は、小肥りの肩の辺《へ》に、
ぬきんじて、おん身が頭《こうべ》、常ならぬ美をほこれるよ。
　しとやかに、かつほこりかに、
おん身は行くよ、颯爽たる女《ひと》よ。

五三 旅へのいざない

わぎ妹子《もこ》よ、わが恋人よ、
思いみよ、その楽しさを、
もろ共にわれらゆき、かの国に住み!
　心ゆくばかり、恋をし、
　恋をして、さて死ぬる、
汝《なれ》に似る、かの国に行き!
　曇りがちなる、空に照る、
　うるみがちなる、日のひかり、
それさえ、われに、なつかしや、
　不可思議めきて、
　涙のかげに輝ける、
いつわり多き、汝《な》が眼《まなこ》とも。

ああ、かしこ、かの国にては、ものみなは、
秩序と美、豪奢《おごり》、静けさ、はた快楽《けらく》。

経《ふ》る年に、光沢《つや》つきて、
時代めく古き家具、
恋の間《ま》に、われらかこまん、
珍《めず》らにも、見知らぬ花の香《か》に匂《にお》い、
ほのかなる竜涎《りゅうぜん》の香《こう》とまじらん。
きらびたる五彩の梁《はり》は、
そこいなき鏡の面《おも》は、
東《ひんがし》の国ぶりはでに、
ものみなは、そことなけれど、
しみじみと、
人の心に、語るらし、
おのがじし、おのが言葉に。

ああ、かしこ、かの国にては、ものみなは、
秩序と美、豪奢《おごり》、静けさ、はた快楽《けらく》。

見よや、かの船つきの岸へ、
来《き》て眠るかの大船の、
無頼なるその姿、
遠く世界のはてしより
大船のここに来《きた》るは、
せめて汝《な》が小《ちい》さき望み、
叶《かな》えんと、ただに希《ねが》えば。
——沈む日は、
野にも、川にも、都にも、
ひた塗りぬ金と紫、
わが世いま、眠り行くかな、
狂おしき光のうちに。

ああ、かしこ、かの国にては、ものみなは、
秩序と美、豪奢《おごり》、静けさ、はた快楽《けらく》。

五四　取返しのつかないもの

「悔恨」の息の根は、止めてやれないものかしら？
　年月長く僕らに住みついて、息づき、動き、のたうちまわり、
蛆《うじ》が死体を、松毛虫が松を、荒すとそっくりに、
　僕らを啖《くら》って肥え太る
しぶとい彼奴《かやつ》「悔恨」の息の根は、止めてやれないものかしら？

どんな媚薬《びやく》に葡萄酒《ぶどうしゅ》に、それともどんな煎薬《せんやく》に、
　溺《おぼ》れさせたらよいものか、この宿敵は、
蟻《あり》に似て忍耐強く、娼婦《しょうふ》のように執拗《しつっこ》く

僕らを破壊し食い荒す？
どんな媚薬に？——葡萄酒に？——それともどんな煎薬に？
言ってくれ、おお、言ってくれ、美しい魔女よ、知っているなら、
傷《きず》ついた兵隊どもの下敷にされ
馬蹄《ばてい》に荒く踏みにじられる、瀕死《ひんし》の男も同然な
苦悩に満ちたこの心に
言ってくれ、おお、言ってくれ、美しい魔女よ、知っているなら、

狼《おおかみ》が早くもそれと嗅《か》ぎつけた、鴉《からす》が早くも狙《ねら》ってる、
半分死にかけている者に、言ってくれ、
この負傷した兵隊に！ 十字架と墓の待つ身と
諦《あきら》める時が来たのか、
狼が早くもそれと嗅ぎつけた死にかけているこの者に！

泥《どろ》んこで真黒な空が明るく出来るだろうか？

松脂《まつやに》よりもこってりした、朝もなければ晩もない、
星もなければ気味悪い稲妻さえない、
　闇《やみ》が破れるものだろうか？
泥んこで真黒な空が明るく出来るだろうか？

「旅人宿《とまり》」の窓を照らしていた「希望」の光も吹き消され
　二度とは灯《とも》るあてもない！
月も光もない夜道、悪路に悩む殉教者
　今夜の宿は何処《どこ》だろう！
「旅人宿《とまり》」の窓を照らす灯《ひ》は悪魔がみんな消し去った！

可愛《かわい》い魔女よ、呪《のろ》われ者がお前は好きか？
　言ってくれ、恕《ゆる》し難いものをお前は知るか？
僕らの心を標的《まと》にして、毒矢を射かけ攻め立てる
　「悔恨」をお前は知るか？
可愛い魔女よ、呪われ者がお前は好きか？

「取返しのつかないもの」が呪われたその歯で齧《かじ》る
情けない記念碑、僕らの心を、
白蟻《しろあり》のように、しばしばそれは、
建物の根太《ねだ》を攻める。
「取返しのつかないもの」が、呪われたその歯で齧る！

——僕は時々見たものだ、騒がしいオーケストラが
炎のように燃えさかる三文芝居の出し物に
妖精《ようせい》が立ち現われて、地獄のような天空に
奇跡のようなあかつきを灯《とも》し出すのを
僕は時々見たものだ三文芝居の出し物に

光と黄金《きん》と薄紗《うすもの》の一人物が
大きな魔王を倒すのを
ところが僕の心と来たら、法悦なんかない芝居、

何時《いつ》までもただ待つばかり、空《むな》しくも、
光と黄金《きん》と薄紗《うすもの》の「人物」が来るか、来るかと！

五五　おしゃべり

おん身は美しき秋の空なり、ばら色に冴《さ》え給《たま》えるよ！
さるを悲しみは、わが心のうちに、海のごと寄せ来《きた》り、
去りぎわに、楽しまぬわが唇《くち》のへに、
そが苦《にが》き、散り土《ひじ》を、残してぞ行け。

おん身が手、空《むな》しくも、衰えしわが胸のあたりを、さぐる、
手の索《もと》むるはすでに無《な》み、残るはただに、
女人らの、あらくれし牙《きば》と爪《つめ》とに、荒しつくされしその場《ば》のみ。
わが心をも索めなそ、獣《けもの》らの食《くら》いつくしつ。

わが心は、俗衆の荒しつくせる宮居なり。
そこに人ら酔い、人ら殺し合い、人ら髪《かみのけ》つかみ合う
あらわなるおん身が胸のへに、香《か》のありて漂うよ！……

おお、美しの人よ、のがれ得ぬ魂の天災よ、ままになせ！
祝祭のごと輝かしき、おん身が眼《まなこ》の炎《ほむら》もて、
獣《けもの》らが食《くら》い残せし、この襤褸屑《ぼろくず》を焼きつくせ！

五六 秋の歌

1

われらやがて、冷たき闇《やみ》に沈み入らん、
おお、さらば、左様《さよう》なら、短きに過ぎし、われらが夏の、生気ある輝きよ！
われすでに聞く、窓外《そうがい》の舗石《しきいし》に、

さびしき響きして下ろさるる、薪木《たきぎ》を。

恨み、憎しみ、わななき、怖《おそ》れ、止《や》むなくもつらき労働《たっき》の冬は、
今し、ふたたび、わが身のうちに、帰り来《きた》らんとし、
北極の地獄に落ちし太陽に似て、わが心は、
凍りたる赤色の、一塊に過ぎざらんとす。

われら、わななきて、下ろさるる薪木《たきぎ》の音に耳を傾く、
断頭台建つるもの音も、かくは陰惨たることなけん。
今しわが心、絶えまなく打ち下ろす
鉄槌《てっつい》に、砕かれ行く、かの塔にも似たり。

この単調なるもの音に、うち揺られ、
何処《いずこ》にか、人ありて、急ぎ棺《ひつぎ》に釘《くぎ》するごとし。
誰《た》がための棺《ひつぎ》ぞ？　きのう夏なりき、さるを今し秋！
この神秘めくもの音は、何やらん、出発のごとくにひびく。

2

やさしくも美しき恋人よ、われは愛《め》ず、
汝《な》が切れ長の眼《まなこ》の、さみどりの輝きを、
されど今日《きょう》、ものみなは、われに苦《にが》く、汝《な》が愛情も、
汝が密室も、また汝が暖房も、海に照る陽《ひ》の価《あたい》あらず。

さわれ、われを愛せ、おお、やさしき心よ！
忘恩の子にも、邪《よこしま》なるものにも、母の如《ごと》かれ。
恋人たるも、姉たるも、かにかくに光輝に満てる
秋の如く、夕陽《せきよう》の如く、束《つか》の間《ま》は、やさしさたれ。

短き人の生命《いのち》や！　墓ぞ待つ、墓は飽くなし！
ああ！　汝が膝《ひざ》に額《ぬか》うずめつつ、われをして、
真白くも燃ゆるが如かりしかの夏の日を惜しみ、
やさしくも黄ばみたる、晩秋の光を、賛《たた》えしめてよ！

五七　あるマドンナに

スペイン好みの奉納品

聖母《マドンナ》よ、恋人よ、君のために建てよう、
僕の悩みの地下の深間《ふかま》に、一祭壇を、
僕の心の中の一番暗い片隅《かたすみ》の
世俗の慾《よく》や嘲《あざけ》りの視線から遠い所に
瑠璃《るり》と黄金《こがね》をちりばめた七宝の龕《がん》を刻んで、
絶世の像よ、君をその中に立たせよう。
水晶の清らな韻もあざやかな
研ぎすました僕の「詩」のモールを編んで
君の頭《かしら》に戴《いただか》せる「冠《かんむり》」を大きく作ろう。
また僕の「嫉妬《しっと》」を裁《た》って、おお、不死でない聖母《マドンナ》よ、
君の「マント」にしよう、野蛮なモード、重く手ざわり粗く、

裏地は猜疑《さいぎ》、番兵の哨舎《しょうしゃ》のように、
ぴったりと君が魅惑を包むはずだ。
縁《へり》の飾りは真珠でなしに、僕の「涙」の粒々だ！
君のローブには僕の「慾情」がなるはずだ、
ふるい、波打ち、高まって、やがて静まる「慾情」が、
尖《とが》った峰では足踏みし、谷間へは食い込んで、
白とばら色ありたけの君が肌《はだえ》を接吻《せっぷん》で被《おお》いつくすぞ。
僕は自分の「尊敬」で美しい繻子《しゅす》の靴《くつ》を造って
君が聖《きよ》らな足にはかせる、
靴はやさしい抱擁のように、やんわりと御足《みあし》を包み
忠実な鋳型《いがた》さながら御形見《みかたみ》を永く残そう。
丹念な僕の細工も、御《おん》「足台」に
銀の「月」刻み得ぬなら、
僕は自分の腹中の「蛇《へび》」を代りに、
君が踵《かかと》の下には敷こう、
矜《ほこ》らかなそして済度の力持つ女王よ、

憎しみと毒液で膨れたこの魔性のものを
君ふみにじり、嘲笑《あざわら》い給《たま》わんがため。
「童貞女の女王」の華やかな祭壇の前、
碧《あお》く彩《いろど》った天井に星のように照り映えて
僕の「思い」が「大蠟燭《だいろうそく》」のように整然と並んで
炎と燃えるまなざしで君を見守りつづけるのに君は気づくはずだ、
僕の全身全霊は君を慕い君に焦《こが》れつづけるので
一切は「安息香」「薫香《くんこう》」「乳香」「没薬《もつやく》」と化《な》って
真白な雪の高嶺《たかね》、君が方《かた》へと絶え間なく
暴風雨《あらし》もよいの僕の「精神《こころ》」は氤氳《いんうん》となって登りつづける。

マリヤとしての君が役柄《やくがら》を完《まった》いものにするために、
また愛情と残忍を捏《こ》ね合せ味《あじ》わうために、
腹黒い逸楽よ！　後悔の塊《かたまり》の断左衛門、僕は
七つの「原罪」で、七振の鋭い「短剣」を鍛えよう、
そして非情の軽業師さながらに、

君が愛情の深間を標的《まと》に
打込もう、君が喘《あえ》ぐ「心臓」に、
君が啜泣《すすりな》く「心臓」に、君が血まみれの「心臓」に！

五八　午後の歌

眉根《まゆね》の皺《しわ》
天使らしさを消し去って
変な顔つきさせてはいるが、
眼《め》でものを言うわが魔女よ、

移り気なわが恋人よ、
厄介《やっかい》なわが情熱よ！
坊主《ぼうず》が仏《ぶつ》を崇《あが》めるように
一心不乱にそなたをあがめる。

乱れ髪
沙漠《さばく》と森の香に匂《にお》い、
頭《かしら》つき
謎《なぞ》と秘密を思わせる。

肌《はだ》かおり
香炉抱くよう。
夕暮のように妖《まどわ》す、
色黒く血は熱いわが水精《ナンフ》。

効能《ききめ》よいどんな媚薬《びやく》も
そなたの懈怠《けたい》に及ばない！
死んだ男も甦《よみがえ》る
愛撫《あいぶ》をそなたは知っている！

背と乳房かいまみて
そなた自身の脇腹《わきばら》も恋い狂う、
ものうげに横《よこ》たわる時
クッションまでが嬉《うれ》しそう。

神秘な昂奮《こうふん》を
鎮《しず》めるためにするものか、
時折そなたは生真面目《きまじめ》に、心ゆくまで、
嚙《か》んだり、接吻《せっぷん》したりする。

鳶色《とびいろ》の肌の女よ、
嘲笑《ちょうしょう》で先《ま》ず八裂にしておいて、
月光《つきかげ》に似る眼《ま》なざしを
僕の心に投げかける。

そなたの繻子《しゅす》の靴《くつ》の下に、

愛《いと》しい羽二重の足の下に、
僕は捧《ささ》げる一生の大歓喜、
自分の才能、運命も、

光よ、色よ、そなたゆえ、
そなたゆえ、癒《なお》った霊《れい》も！
僕の暮しのシベリアの
烈火の火炎の爆発よ！

五九　シジナ*

粋《いき》な仕着《しきせ》の供揃《ともぞろえ》、森を駆け、
藪《やぶ》をかきわけ、髪と襟元《えりもと》、風に嬲《なぶ》らせ、
騒擾《ざわめき》に酔い、名うての騎士さえ尻目《しりめ》にかけて、
颯爽《さっそう》と馬乗り進めるわがディアーヌの姿を思え！

流血が飯《めし》より好きなテロアーニュ、*
跣足《はだし》の民を突撃に駆り立って、
頬《ほお》を、眼《め》を、炎と燃やし、天晴《あっぱ》れな立役者ぶり、
剣をかざし王宮の石階《いしばし》登る姿を思え！

シジナがこれとそっくりだ！　ただこのやさしい女丈夫《じょじょうふ》は、
猛《たけ》き心に情《なさ》けがあった、
硝煙と太鼓の音に奮い立つ勇猛心も、
憐《あわれ》みを乞《こ》う者に対しては武器さえ捨てる、
烈火に荒《すさ》ぶ心の奥に涙の用意が出来ていて、
哀れな者をうるおした。

六〇　僕のフランシスカを賛《ほ》める歌

新しい竪琴《たてごと》をとってそなたを歌おう
おお、孤独な僕の心の中に
さんざめく若木よ。

花飾身につけよ、
罪もおかげで赦《ゆる》される
おお、婀娜《あだ》の女よ！

恵み深い忘れ河とみて
そなたの接吻《せっぷん》を飲み尽そう、
霊気みなぎる女《ひと》よ。

罪の嵐《あらし》が
僕のあらゆる道の行手にすさぶ時、
女神よ、そなたは現われた、
切ない難破の間際《まぎわ》の
救いの星のように……。
そなたの祭壇にこの心臓を捧《ささ》げる！

美徳に溢《あふ》れる池よ、
永遠の青春の泉よ、
声を返せ、黙り込んだ僕の唇《くちびる》に！
穢《けが》れたものは焼き払い、
粗いものは磨《みが》き上げ、
弱いものを、そなたは、強くする！

饑《ひもじ》い時の僕の宿屋よ、
暗い夜の僕の松火《たいまつ》よ、
正しく僕を導け。

今こそ僕に力を添えてくれ
香りも高い
楽しい沐浴《ゆあみ》よ！

僕の腰のまわりに輝け
天使の水に潤《うるお》った
おお、純潔な鎧《よろい》よ！

夜光の珠《たま》の盃《さかずき》よ、
味のいいパンよ、口当りのいい食物《たべもの》よ、
おお、美酒よ、僕のフランシスカよ！

六一 植民地生れのある御婦人に

太陽の愛撫《あいぶ》する香《かぐ》わしい南の国の、
火炎の木々と、人の眼《め》に懈怠《けだい》をそそぐ
棕櫚《しゅろ》の葉の天蓋《てんがい》の下《もと》、僕は出会った
珍しい魅力を持った植民地生れのある御婦人に。
栗色髪《くりいろがみ》のこの佳人、蒼白《あおじろ》い顔色に温《あたたか》みがあって、
襟足《えりあし》かけてかくせない高貴な気品が備わって。
背すがら高く姿よく、歩みつき狩猟する女《ひと》を思わせた、
微笑《ほほえみ》はおだやかで、眼差《まなざし》は落着いて。

夫人よ、光栄の真《まこと》の国、セーヌの岸辺、
または緑のロアールの岸辺の国へ、
由緒《ゆいしょ》ある邸宅を飾るにふさわしい美女よ、万一あなたが移られるとしたら、

深窓のお身のまわりに、美しいみひとみゆえに
今のあなたの黒人の奴僕《ぬぼく》以上に恭順の
詩人らの心のうちに千百の詩が芽吹こうに。

六二　憂鬱《ゆううつ》と放浪

告げよ、アガートよ、お前の心も、時に翔《と》び去るか、
塵俗《じんぞく》の巷《ちまた》のどす黒い海から遠くのがれて、
けがれを知らぬ乙女のような、碧《あお》く清らに、奥ゆかしく、
輝き渡る真《まこと》の海へと、
告げよ、アガートよ、お前の心も、時に翔び去るか？

海は、ひろやかな海は、僕らの労苦を慰める！
すさぶ嵐《あらし》の大風琴《だいふうきん》を伴奏に

嗄《しわが》れ声に歌う者、あの海に、どんな悪魔が
与えたものか、尊い子守唄《こもりうた》としての働きを？
海は、ひろやかな海は、僕らの労苦を慰める！

列車よ、僕を運び去れ！　船よ、僕を奪い去れ！
遠い、遠い所へ！　ここでは泥《どろ》までが僕らの涙で出来ている！
——本当だろうか、アガートの悲しい心が、時にふと、叫ぶというのは？
《後悔と罪悪と苦悩から遠く
列車よ、わたしを運び去れ、船よ、わたしを奪い去れ！》

香ばしい楽園よ、何とそなたが遠方だ、
そこにあっては、青空の下《した》、ただ愛とよろこびだ、
人が愛するものにはみんな愛される価値《ねうち》があって！
混り気ない逸楽に人は芯《しん》から耽溺《たんでき》出来て！
香ばしい楽園よ、何とそなたが遠方だ！

ではせめて、無邪気な愛の初々《ういうい》しい楽園は？
駆け競《くら》べ、謡《うた》くらべ、接吻《せっぷん》や、花束や、
丘越えてわななきの聞え来るヴァイオリン、
暮れ方の森かげに傾ける酒の壺《つぼ》、
――ではせめて、無邪気な愛の初々しい楽園は？

ひそやかな悦《よろこ》びに満ちみちた無邪気な楽園は、
それも今ではインドやシナより遠いだろうか？
哀訴の叫びでもう一度それを呼び戻し、
澄みとおる銀の声でもう一度甦《よみがえ》らせ得ないだろうか
ひそやかな悦びに満ちみちた無邪気な楽園は！

六三　幽　霊

褐《かち》いろの眼《まなこ》せる、かの天使らの如《ごと》く、

われ、君が寝所へ、帰り来《きた》らん、
さて、小暗《おぐら》き夜《よる》のかげとともに、
われ、音《おと》もなく、君がかたへ、にじり寄らん。

かくてわれ、君に与えん、愛人よ、
月のごと冷たき接吻《せっぷん》と、
墓穴のふちにうごめく
蛇《くちなわ》の愛撫《あいぶ》とを。

蒼《あお》ざめし朝《あさ》、来《きた》る頃《ころ》、
空《むな》しきわが席を、君は見いでん、
そは夜来《よるきた》るまで、冷たかるべし。

君が命と若さの上に、
人ら、やさしさによりてなす如く、
われは、気味あしさもて、君臨せん！

六四　秋の小曲

水晶のように澄み切ったお前の眼《まなこ》が僕に訊《き》く、
《風変りな愛人よ、あたしの何処《どこ》が、あなたのお気に召しますの？》
——愛らしいものであってくれ、そして何にも訊かないでくれ！
古い昔の動物のあの無邪気さを例外に、すべてに傷つくこの僕だ、

地獄をそっくりそのままの自分が持ってる秘密《かくしごと》、火焔《かえん》で書いた
暗黒な身の上話も、お前には一切知られたくはない。
玉手《たまで》に僕を揺すぶって眠りに誘う恋人よ。
情熱は僕に五月蠅《うるさ》く、才気は僕に厭《いと》わしい！

静かに愛し合おうじゃないか。愛の神キュピド奴《め》、隠れ場で
こっそり人目を忍んだ心算《つもり》で、宿命の弓ひきしぼる。

彼奴《かやつ》めの昔ながらの責道具、罪と怖《おそれ》と狂気なら、
僕は先刻承知だよ！——色褪《いろあ》せた雛菊《マーガレット》よ！
僕と同じくお前とて、はかない秋の日ざしでないか、
おお、僕の真白な、おお、僕の冷《ひや》やかなマーガレットよ？

六五 月の悲哀

今宵《こよい》「月」夢見たり、ものうげなさま増して、
数々のクッションに横たわり、まどろむに先立ちて、
上《うわ》の空《そら》なる手も軽く、われとわが乳房をさする、
美女さながらの風情《ふぜい》かな、
やわらかき雪崩《なだれ》とまがう、繻子《しゅす》の背にうち伏して、
月夢みたり、絶え入らんさまに、

眼《め》は追いぬ、青空に咲く花とまがいつつ、
立ちのぼる、幻の白きかたちを。

時ありて、ものうさのありのすさびに、地球へと、
そら涙ひとしずく、月のおとせば、
不眠をかこつ詩人《うたびと》のいて、うやうやしくも、
くだけつる猫目石《オパール》さながらに、七彩《なないろ》にきらめきわたる、
青ざめしこの涙、掌《て》のくぼにうけ、
「陽《ひ》」の眼《め》より、遠《とお》よその、おのが心に、秘めたるよ。

六六　猫《ねこ》たち

火の如《ごと》き恋する者も、いかめしき学の博士も、
同じくは愛するよ、中年の盛りの頃《ころ》は、

わが家《や》の矜《ほこ》り、やさしくて、然《しか》も威ありて、
己れらもさながらに、寒さをいとい、家居《かきょ》を恋う、猫たちを。

勉学と逸楽の友、彼らは愛す、
沈黙と闇《やみ》の恐怖《おそれ》を。
彼らもし、矜持《ほこり》をすてて、屈従を忍び得んには、
かの閻魔《えんま》、用いたりけん、柩車《きゅうしゃ》挽く馬として。

もの思う彼らの姿、気高くて、
久遠《くおん》の夢に眠るかと、沙漠《さばく》の奥に横たわる、
大スフィンクス、さながらよ、

婀娜《たおや》けきその腰に、魔の火花散り、
砂に似る金粉の、神秘めくその瞳《ひとみ》、
いろどりて、輝かす、星かとも。

六七　梟《ふくろう》

黒い水松《いちい》の葉がくれに、
梟たちは行儀よく並んでいる、
邪教の神々そっくりに、
赤い目玉をじっと見張って。考えこんでいるわけだ。

夕日押しやり
闇《やみ》のひろがる
逢魔《おうま》が時が来るまでは、
身動《みじろぎ》一つしはしない。

梟のふり見て賢人は
悟《さとり》がひらけて思い知る、
あがきと動きは禁物だ、

通り魔の影追う者は
身のほど知らぬ咎《とが》ゆえに
絶えず悩むと。

六八 パ イ プ

わたしは作家のパイプです。
アフリカ生れの美人のような
わたしの顔を見ただけで
御主人の煙草《たばこ》好きなはすぐ解《わか》る。

御主人の筆の進まぬ難儀な時は、
野良《のら》から戻る百姓の
夕餉《ゆうげ》の支度に忙しい藁屋《わらや》そっくり

わたしはせっせと煙《けむり》を立てる。

火になったわたしの口から立ちのぼる
青い煙《けむり》の網の目で
彼氏の心を抱きしめてそうっと揺《ゆす》り、

強いかおりをふりまいて
心をうっとりさせてあげ
頭をさっぱりさせてやる。

六九 音 楽

しばしばよ、音楽の、海のごと、わが心捉《とら》うるよ！
　青ざめし、わが宿命の、星めざし、
靄《もや》けむる空の下、無辺なる宇宙へと、

　われ船出する。
帆のごとく、胸を張り、
　呼吸《いき》かろく、
寄せかえす、波の背を、われ渡る、
　夜《よ》のとばり、とざす奥。

難破の船の一切の苦悩を、
　われの感ずるよ、胸の奥所《おくが》に。
また順風の、あらしの波の、
　わだつみの奈落《ならく》の上に、
われを揺《ゆす》る。——またある時は、油凪《あぶらなぎ》、見る限り一面の
わが絶望の、真澄鏡《ますかがみ》！

七〇　墓

重っ苦しい暗いある晩
善良な一キリスト教徒が、慈悲心から
そんじょそこらの廃墟《はいきょ》の奥に
御自慢だった貴様の遺骸《いがい》を埋めたが最後、

石部金吉の星どもが
重い瞼《まぶた》を閉じるを待って、
蜘蛛《くも》は出て来て巣をつくり、
蝮《まむし》は仔蛇《こへび》をひりつける。

年中貴様は聞くはずだ
あがきのとれない頭の上に
狼《おおかみ》どもの哀《かな》しい叫び

飢《うえ》に泣く魔女の声、
助平爺《すけべえじじい》の色狂い
腹黒い悪党ばらの悪計《わるだくみ》。

七一　ある版画の幻想

この奇怪《けったい》な幽霊が身に装《つ》けたのは
髑髏《どくろ》の額《ひたい》に妙な具合にくっつけた
謝肉祭《カーニバル》の仮装のような冠《かんむり》がただ一つ。
拍車も鞭《むち》もないくせに乗馬《のりしろ》をハアハア言わせている様子、
乗手《のりて》同様、こいつまで黙示録《もくしろく》ばりの痩《や》せこけた幽霊馬、
鼻から泡《あわ》を吹く様は、癲癇病《てんかんや》みもそっくりだ。
虚空《こくう》を切って突き進み
無法な馬蹄《ばてい》に蹴散《けち》らして世界の果まで蹂躙《ふみにじ》る。

乗手はきらめく白刃《はくじん》を、馬蹄にかかって逃げ迷う
為体《えたい》の知れない群集の上に振り振り、
屋敷めぐりの王様みたいに反身になって
うす曇る白っぽくれた日を浴びて、
古今の歴史の民族の静もり眠る
果のない寒々とした大墓地を駆けずり廻《まわ》る。

七二　陽気な死人

蝸牛《かたつむり》だらけの粘土の地べたに
僕は自分の手で深い穴を掘ろう、
そこに悠々《ゆうゆう》と老いたこの身を横《よこ》たえて、
海中の鮫《さめ》のように忘却の中で眠ろう。

僕は遺言を憎み、墓を嫌《きら》う者だ。

人の涙を乞《こ》うよりは、
生きながら鴉《からす》を招いて
持ち崩したこの身、残るくまなく啄《ついば》ませよう。

蛆《うじ》どもよ！　耳も眼《め》もない哀れな兄弟分よ、
見るがよい、暢気《のんき》で陽気な死人が一人、貴様らの処《ところ》へいま来たぞ
放蕩《ほうとう》の哲学者、腐敗の子、蛆どもよ、

僕の遺骸《なきがら》を遠慮なく探し廻《まわ》ってみた上で、
教えてくれ、死んだが上にもまた死んで
魂抜けた老いの身に、残る悩みがまだあるか！

七三　憎しみの樽《たる》

「憎しみ」は姿哀れなダナイド*の底なしの樽。

腕に覚えの「復讐《ふくしゅう》」が猛《たけ》り狂うて
大バケツ何杯の死者の血と涙
空樽《からだる》の暗い空虚に注ぎ込むが無駄《むだ》。

「悪魔」奴《め》がこっそりと樽底に穴あけるので、
たとい「復讐」が犠牲者どもを蘇《いきか》えらせて
血と涙重ねて搾《しぼ》りつづけても
千年の汗も労苦も底から漏れて消えるわけ。

「憎しみ」は居酒屋の奥の、切上げのつかぬ酔いどれ、
飲めば飲むほどのどが渇《かわ》いて、
七つ頭のレルヌ*の怪蛇《ヒドラ》そっくりだ。

——そうでもないさ、幸せな酒飲みどもはやがてまいるが、
それなのに、「憎しみ」と来た日には、一生猛《たけ》りつづけても、
テーブルの下へずっこけて眠ることなぞ出来っこない不運な奴《やっ》さ。

七四　破《わ》れ鐘《がね》

悲しくも楽しかりけり、冬の夜な夜な、
燃えさかる焚火《たきび》を前に、うずくまり、
靄《もや》こむる空にひびく、鐘楽の音《ね》につれて、
過ぎし日の、思い出の湧《わ》き来《く》るに、耳傾くる。

目出度《めでた》きは、かの咽喉《のど》強き、鐘なるよ、
寄る年なみも、知らぬげに、健《すこや》かに、またさわやかに、
信深きその声を、けなげにも、あげたるは、
夜《よる》の哨所《しょうしょ》に、見張する、老兵も、さながらよ！

さるを、わが魂は、破れたり、倦《うん》じ果て、
冬夜の空を、わが歌に、満たすとすれど、

声、いたずらに、打ち細り、

似るのみよ、救い手もなき傷兵の、
山なす死屍《しし》に、ひしがれて、血河にひたり、
もがきもあえず、死にて行く、その残喘《ざんぜん》と！

七五　幽鬱《スプリーン》

雨ふり月《め》奴、この市《まち》の全体に腹でも立つか、
抱《かか》えた甕《かめ》を傾けて、近くの墓地の死者たちに
気ふさぎな寒さをそそぎ
霧立ちこめる場末には死の影どっとぶちまける。

僕の猫《ねこめ》奴はタイルの上で、
皮膚病の痩《や》せた体《からだ》をぶるぶるさせて寝藁《ねわら》をさがし、

寒がりの幽霊みたいな哀れな声で
老いた詩人の魂は雨樋《あまどい》の中をうろつく。

陰《いん》にこもった寺鐘《かね》が鳴り、燻《いぶ》る薪木《たきぎ》は
金切声で、風邪声《かざごえ》のボンボン時計に伴奏する、
折りも折り、水腫《すいしゅ》で死んだ婆《ばあ》さんの形見だという因縁づきの、
厭《いや》な匂《にお》いの染み込んだトランプの一組の、
色男ハートのジャック、スペードのクインと二人
返らぬ恋の思い出を、ぶつくさとつぶやきかわす。

七六　幽鬱《スプリーン》

千年も、生き来《こ》しほどの思い出の、われにありけり。

計算書、詩稿、恋文、訴状や、艶歌《えんか》、あるはまた、
領収証《うけとり》に包みて、重き、黒髪や、
引出しにあふれよと、秘めけん家具も及ばじな、
いたましきわが頭脳、かくし持つ、秘密の数に。
こは正に、ピラミッド、こはまさに、大穴倉よ、
共同墓穴より多く、死屍《しし》蔵したり。
――われは、月光に呪《のろ》われし、墓場なり、
悔恨と似る長き蛆《うじ》、はいまわり、
特にわがいつくしむ亡骸《なきがら》を、食い荒すなり。
われは、萎《しお》れしばらの花びらうずたかき、荒《すさ》みたる寝所なり、
過ぎし世の、流行《はやり》の品のちらばれり、
悲しげなパステルと、色褪《いろあ》せしブゥシェ*の額《がく》、
栓《せん》失せし、香水壜《こうすいびん》の残る香を、ききたるよ。

わけてもよ、古る年の雪、ふり積る、重圧下、
数寄《すき》ごころ失い果てし、「ものうさ」の、

何時《いつ》はつるとも量り得ぬ、この頃《ころ》の、
跛行《はこう》するわが月日《つきひ》より、長きもの、世にまたあらじ、
——おお、生きの身よ、今日《きょう》より後《のち》、おん身、すぎざらん、
霧ふかき、サハラの沙《すな》の奥とおく、ねむたげな、
あらぬ怖《おそ》れに魅入られし、一片の花崗岩《かこうがん》たるに！
無心なる世には知られず、地図のへに忘られて、
夕日の光あびてのみ、その荒くれし心情を、
歌うなる、老残のスフィンクスたるに！

七七　幽鬱《スプリーン》

われは、雨国《あまぐに》の王者と、似たり、
富みたれど、不能なり、若くして、老衰者なり、
へつらう師傅《しふ》ら、あざ笑い、
犬たちに、同じくは、他の動物たちに、倦《うん》じたり。

狩の獲物《えもの》も、愛鷹も、
おばしまの下に来て、饑《う》えて死ぬ、民草も、何ものも、この王を慰めず。
気に入りの道化が作る、おかしき唄も、
非情なる、この病人の額《ひたい》、やわらげず。
百合《ゆり》かおる花のしとねも、忽《たちま》ちに、墓穴《はかあな》のわびしさよ、
王者と聞くのみにて、すでに慕いよる、侍女たちも、
この若き、枯骨の微笑誘うべき
みだらなる、身なりは、凝らし能《あた》わずとよ。
彼がため、黄金《こがね》も作る、博士さえ、
王が身の、毒素は、消し去る、能わずとよ。
ローマびとより伝わりし、血の風呂《ふろ》も、
老残の暴君の、試みる、血の風呂も、
ついにこの、ほうけたる、生ける屍《かばね》を、温むる能わずとよ、
げにこのうちに流るるは、血にあらで、「忘却の河」の、澱《よど》みて蒼《あお》き、水ぞとよ。

七八 幽鬱《スプリーン》

重き空、低く垂れ、蓋《ふた》かとも、
倦怠《けんたい》に、久しくも、苦しみあえぐ、心を圧し、
地の末かけて、見る限り、
夜《よる》よりも、さびしき暗き光《かげ》、そそぐ時、

大地、かび臭き土牢《つちろう》と化し、
「希望」は蝙蝠《こうもり》に似て、
内気なる翼に、壁さぐり、
朽ち果し天井に突き当り、ふためきて、のがれ去る時、

大雨小止《おや》みなく下りては、突く篠《しの》の、
牢格子《ろうごうし》、太しきかな、
忌《いま》わしき蜘蛛《くも》の一群、黙々と、

わが脳裏、深きあたりに、巣をかくる時、

かかる時、唐突に、鐘は怒りて、
空かけて、怖《おそ》るべき叫びを上げて、
帰るべき故郷《ふるさと》もなき、さまよえる亡霊の、
執念《しゅうね》くも呻《うめ》けると、さながらなれや。

――かくて今、長き葬列、楽声《がくじょう》も読経《どきょう》もなくて、
しずしずと、わが魂の奥を過ぎ、「希望《のぞみ》」いま、
うち砕かれて、忍び泣く、圧制者苛《か》薄《はく》の「苦悩」うなだれしわが頭上に
黒き旗、深々と打ち込みたるよ。

七九　魔　攻　め

大森林よ、おん身怖《おそ》ろし、大寺院のごとく。

おん身、パイプオルガンのごとく、吼《ほ》ゆ。
また永劫《えいごう》の喪家《そうか》なる、呪《のろ》われし、われらが心の中に、
おん身が祈り、「深淵《デ・プロフンディス》より」、こだまして響くよ。

「大洋」よ、われ、おん身を憎む！　おん身があがき、おん身が悶《もだ》え、
すべて、わが心中の、ものぞ！
すすりなき、誹謗《ひぼう》を秘めし敗れし者のかの苦笑、
われは、そを、かの大海《たいかい》の、大笑《たいしょう》に、聞く者なり。

おお、夜《よる》よ、かの星《ほし》くずのあらずんば、われ如何《いか》ばかり、おん身を愛せん！
その光り、ただごと洩《も》らす、かの星くずのあらずんば！
われは空虚を、暗黒を、赤裸を、求むる者なれば！

さりながら、暗黒はまた、おのずから、幕なるよ、
その上に、わが眼より、群《むら》がりいでて、
親しげなまなざしの、亡《な》き数に入りにし人ら、生きたるよ！

八〇　虚無の味

昔は強気な奴《やつ》だった、今ではすっかり衰えた、僕の心よ、
拍車で蹴立《けた》てて情熱をあんなに沸かせた「希望」奴《め》も、
お前にもう乗ろうとしない！　泰然として寝ころぶがよい、
ひと歩《あし》ごとに事ごとに物に躓《つまず》く老いぼれ馬奴《め》。

僕の心よ、諦《あきら》めて、駑馬《どば》の眠りを眠るがよい。

世路《せろ》に疲れた廃残の心よ！　老いた盗賊お前には、
はや恋愛も味気なく、諍《いさかい》すると変らない、
左様《さよう》なら、管絃《かんげん》の曲、酒宴《さかうたげ》、今後は二度と、
つむじ曲りの拗《す》ね者のこんな心は誘《いざな》うな！

華やかな「春」のかおりも消え失《う》せた！

凍死の人の遺骸《なきがら》を大雪が埋《うず》めるように
今しも「時」は刻々に、僕を嚥《の》み込む、
僕は中空《なかぞら》高くに在って地球の円味を眺《なが》めはするが
五尺のわが身の置き処《どころ》、あばら家一軒たずねない！

雪崩《なだれ》よ、雪崩れ落ちて来て、僕を拉《さら》って行かないか？

八一　苦悩の錬金術

ある者はその熱気ゆえお前を照らし、
ある者はその哀《かな》しみをお前にそそぐ、おお、自然よ！
同じ一つの物も一人には「墓場」を意味し
別の人には「生命と光輝」を意味する！

僕の守り本尊、風変りなエルメス*よ、
おかげで僕は気が退《ひ》ける、
お前は僕をしてしまう
世にも哀れな錬金術師ミダス*のようなしろものに。

お前のおかげで僕は変えるよ、
黄金《こがね》を鉄に、天国を地獄に、
白雲が死布《かけぎぬ》に見え

愛する者の死骸《なきがら》が包まれている、
また、天国の岸の辺《へ》に、
大石棺を積み上げる。

八二　恐怖の感応

君の生涯《しょうがい》の運命もこんなじゃないかと思われるほど
妙に澱《よど》んだ荒れ模様の今日の空から
どんな思いが、君の空《うつ》ろな心の中へ
降って来るか？　言ってごらん、遊蕩児《ゆうとうじ》よ。

――暗黒なもの、不安定なものが
大好きな僕は、
ラテンの楽園から追われたと言って
オヴィード*みたいに泣きごとは言わない。

荒海の渚《なぎさ》のように千切れた今日の空よ、
君こそは僕の矜持《ほこり》の姿だ。

喪《も》のように黒くひろがった君の雲は
僕の夢を葬《ほうむ》る霊柩車《れいきゆうしや》、
閃《ひらめ》く君の稲妻は、僕の心に居心地のよい
「地獄」の反射だと知ってくれ！

八三　われとわが身を罰する者

J・G・F・に*

岩を打つモーゼのように、屠者のように、
怒りもなく、憎しみもなしに、
僕はお前を打つだろう！
そしてお前の瞼《まぶた》から
涙をしこたま流させて

自分のサハラを潤《うるお》そう。
希望に満ちた僕の欲念
沖に乗り出す船のように

苦《にが》いお前の涙に浮んで泳ぐだろう。
涙に酔った僕の胸に
可愛《かわい》いお前のすすり泣きは
突貫の太鼓のように鳴り渡ろう！

僕を揺すぶり、僕を噛《か》む
持前のこの強情な「皮肉」のおかげで、
目出度《めでた》い宇宙の調和を破る
僕は異分子というわけか？

金切声の「皮肉」奴《め》は、僕の声にもひそんでる！
この真黒な毒薬が僕の血潮の全体だ！

僕というこの人間は、
鬼女の不吉な手鏡だ！

僕というこの人間は、手傷であって刀なのだ！
打つ手であって頬《ほ》っぺただ！
轢《ひ》かれる手足、轢く車輪、
斬《き》られる囚徒、斬る刑吏！

僕というこの人間は、自分の心の吸血鬼、
——永遠の笑いの刑を受けながら、
微笑《ほほえ》むことは許されぬ
偉大な亡者《もうじゃ》の一人《いちにん》だ！

八四　救いがたいもの

1

青空から抜け出して
「天」の恩寵《おんちょう》は何一つ届かない
泥《どろ》と鉛に閉ざされた三途《さんず》の川に落込んだ
一つの「意想」、一つの「形態」、一つの「存在」。

奇異に曳《ひ》かれる心から
無鉄砲な旅路の果《はて》に
怪しい悪夢のどん底に落込んで
溺《おぼ》れる者ほど身を悶《もだ》え、

狂おしい雄叫《おたけび》あげて
闇黒《あんこく》の底に渦巻《うずま》く
大逆流にはむかって
切なくも戦いいどむ一天使。

光と鍵《かぎ》を追い求め、
蛇《へび》、蜥蜴《とかげ》、群れ住む場から逃げようと
暗がりを摸索《さぐり》つづける
呪《のろ》われた哀れな男。

ねとつく肌《はだ》の怪獣の見張して
燐光《りんこう》放つ大目玉
あたりの闇《やみ》を暗くして
そのものの姿だけしか見せぬ

手《て》摺《すり》もない果なく長い階段を

湿っぽい深間の気配のうかがわれる
ものの匂《にお》いのする淵《ふち》の岸辺
灯《ともしび》もなく降りて行く一人の亡者《もうじゃ》。

水晶の罠《わな》にでもかかったように
北極の氷の間に閉《と》ざされて
どんな不運な海峡からこんな牢獄《ろうごく》に
落込んだかと思案する一隻《せき》の船。

――こうしてどの一つも救いがたい運命の判然《はっきり》した標章であり、
また完全な絵姿だと知るにつけ
「悪魔」という奴《やつ》のすることには
どれも皆そつがないと、しみじみ思わされる！

2

自分自身を映し出す鏡となった魂の

明と暗との差し向いよ！
光と影の二様《ふたよう》にわななないて青ざめた星かげ映る
「真理」の井戸よ、

悪魔の恩寵の炬火《たいまつ》、
唯一無二《ゆいいつ》の慰藉《いしゃ》であり光栄である、
皮肉な地獄の燈台《とうだい》、
——「悪」の中に残る良心の呵責《かしゃく》がこれだ！

八五　時　計

時計！　兇悪《きょうあく》で、恐ろしい、思いやりのまるでない神、
こいつ指先で僕らを脅《おど》し、そして告げるのだ《思い出せ！
怖《おそ》れで一ぱいな貴様の心臓を「苦悩」の征矢《そや》はひょうと来て
的でも射るように打ち貫《ぬ》くぞ。

《頼りない「快楽」なんか、舞台裏の風の精同様に
やがて地平線へと逃げ去ってしまうのだ。
人各々《おのおの》の一生の限りある冥利《みようり》のほどを
一秒は一秒ごとに啖《く》い減らしているのだぞ。

《一時間に三千六百回「秒」はささやく
思い出せ！ ——虫のような声で口早に、
「現在」がいう、自分は「過去」だと、そして
厭《いや》らしい自分の象の鼻でお前の生命《いのち》を吸い取ったと！

《忘れるな《リメンバー》！ 思い出せ！ 蕩児《とうじ》よ！ 忘れるな《エスト・メモール》！
(わしの金属製の咽喉《のど》は何語《なにご》だってぺらぺらだ)
道楽者よ、流れて行く分秒は母岩だぞ
黄金《きん》を採《と》集らずには手放すな！

《思い出せ！「時間」という奴《やつ》は、ごまかしはしないが
なんとかして必ず勝たずにはおかない強欲《ごうよく》な博徒だぞ！
何しろこれが定法だ。日がかげり、闇《やみ》がようやく濃くなった、思い出せ！
鳴戸は常に渇《かわ》いてる、水時計は残り少ない。

《もうすぐに最後の時鐘《とき》が鳴り出すぞ、それを合図に、「偶然」も、
お前にとっての乙女妻「徳行」も、
「悔恨」までが、（こいつ最後の宿舎《とまり》だが！）
口を揃《そろ》えて言うはずだ、お前に対し、くたばるがよい、老いぼれ奴《め》！　もう何も
　彼《か》も遅すぎる！　と》

パリ描景

八六　風景

貞潔な気持で自分の牧歌を作るためには、
星占師《ほしうらないし》がしたように、成るべく空の近くで暮し、
鐘楼と隣り合せの高所《こうしょ》にあって、夢見心地で聴いたらよかろう
風が運んで来てくれる厳かな賛美歌の節やなぞ。
両手を腮《あご》に肱《ひじ》ついて、屋根裏の高い窓から、
僕は眺《なが》めることだろう、歌やお喋《しゃべ》りでにぎやかな工房を、
都会のマストと呼びたいような煙突や鐘楼を、

人の心に永遠を夢想させずに置かないようなあの果のない大空を。

見ていても心は和《なご》む、靄《もや》をすかして、
夕空に星が出て、窓ごとにランプは点《とも》り、
黒い煙りが濛々《もうもう》と大河のように天に立ち
月が蒼白《あおじろ》い妖《まや》かしの光をそそぐ風情《ふぜい》なぞ。
こうして春が、夏、秋が、幾度か過ぎ去って、
単調な雪の季節の冬が来たら、
窓も戸口も閉め切って、僕は築こう、
闇黒《くらやみ》の真只中《まっただなか》に、幻想の僕の御殿を。
さて僕が夢みるものは、碧々《あおあお》とした地平線、
花園や、雪ほど白い水盤に忍び泣く噴水や、
甘やかな接吻《せっぷん》や、朝も夕《ゆうべ》も歌いつづける小鳥たち、
「牧歌」が伝えるおぼこさの限りのすべて。
「塵俗《じんぞく》の世のわめき声」窓前に騒々しくも、
僕の額《ひたい》は机から離れはしまい、

われとわが意志の力で、存分に「春」喚《よ》び醒《さま》し、
自分自身の心の中から太陽さえも抽《ひ》き出したり、
烈火の自分の思念の熱で、温暖な空気を醸《かも》すなぞという
心楽しい逸楽にはまり込んでいるはずだから。

八七　太　陽

人目はばかる色事《いろごと》の目隠《めかくし》の鎧戸《よろいど》が
荒屋《あばらや》にぶら下《さが》る古い場末の軒沿《のきぞ》いに、
仮借のない太陽が矢つぎ早火箭《ひや》どしどしと、
市《まち》、野面《のづら》、屋根、麦畠《むぎばたけ》に射込《さしこ》む頃《ころ》、
僕は悠々希代《ゆうゆうけったい》な僕独特の剣の修業に出かけるよ、
脚韻の偶然を行く先々の街角に嗅《か》ぎつけようとしてみたり、
鋪道《ほどう》の切石《いし》に躓《つまず》くように言葉の凸凹《でこぼこ》に躓いたり、
久しく心にかけていた詩句にひょっこり出逢《であ》ったり。

太陽というこの慈父は、黄疸《おうだん》病みには仇《かたき》だが、
ばらの花ほど詩を野に咲かせ、
憂《うれ》いは天に蒸発させて、
頭の中と蜂《はち》の巣は蜜《みつ》で一ぱいにしてくれる。
松葉《まつば》杖《づえ》つく老人を若返らせて、太陽は、
乙女のように優しくし、陽気な気持にしてくれる、
また穀物を訓《さと》しては、花と咲こうと悲願する
詩人の心の中にこそ、茂れ、実《みの》れとすすめてくれる！

この慈父は、詩人そっくり、ひと度都市に降り立つと、
そのあたり、下劣極《きわ》まる物ごとも気品高まる、
どんな病院、御殿へも、
紹介もお供もなしで、堂々と平気で入《はい》る。

八八　赭毛《あかげ》の乞食娘に

色白の赭毛の娘よ、
着物の穴がのぞかせる
そなたの貧しさ
　美しさ、

三文詩人のこの僕に、
雀斑《そばかす》だらけで病的《ひよわげ》な
若いそなたの肉体が
好《すい》たらしいね。

びろうどの靴軽《くつかろ》やかな
昔がたりの女王より
そなたは小粋《こいき》にはきこなす

重いそなたの木の靴を。

脛《すね》もあらわな襤褸《ぼろ》でなく
錦襴《きんらん》の宮廷服が襞《ひだ》長く
そなたの踵《きびす》を大袈裟《おおげさ》な
　衣《きぬ》ずれの音《ね》で包んでいたら、

穴だらけの靴下でなく、
好色漢《すきもの》どもの眼《め》にそなえ
いまも黄金《こがね》の短剣が
　膝《ひざ》のあたりに光っていたら、

わざと緩めた結び目から
罪つくり、目ほど光って
双子山そなたの乳房が
　のぞいたら、

裸にしようとかかっても
そなたの腕がさからって、
いたずら指を手きびしく
　払うようなら、

世にも見事な出来栄《できば》えの
*ベローもどきの恋歌は
そなたゆえ恋の虜《とりこ》となりはてた優男から
　献上絶えず、

へっぽこ詩人は下男そっくり
新作をそなたに捧《ささ》げ
階段の下からのぞいて、
　そなたの靴に随喜する、

もしやにひかれる小姓《こしょう》ども、
殿様、詩人、われがちに、
そなたの今度のかくれ家を
　さがしまわって気もそぞろ！

蝶《ちょう》の接吻《せっぷん》身に受ける百合《ゆり》の花より数多く、
臥床《ふしど》のそなたは、接吻されて、
王者いくたり、
　わが意のままに従わす！

――それなのに、今のそなたは、
四つ角のそんじょそこらの門口に
ちらばった残飯を、
　拾うに夢中、

二十九スーの安宝石を

横目で眺《なが》めるいじらしさ、
勘弁してくれ、それさえが、
　僕には買ってやれなんだ！

行くがよい、香水や、真珠はおろか、
飾りとて何一つない
痩《や》せた裸身《はだかみ》いたわって、
　いたわしの女乞食よ！

八九　白　鳥

ヴィクトル・ユーゴーに

1

＊アンドロマックよ、僕はあなたの上を思うよ！　この小川、
寡婦《やもめ》としてのあなたの苦悩のはかりがたない荘厳《そうごん》を、

かつてはきらびやかに映し出した哀れな悲しい鏡、
あなたの涙で水嵩《みずかさ》増した贋《に》せもののこの小川シモイス*奴《め》、
折からカルーゼル*の新広場よこぎる僕の記憶裡《きおくり》に
はっきりと思い出させたことだった。このあたり、
昔のパリの面影《おもかげ》はすでに見がたい（都会の姿という奴《やつ》は、
早く変るよ、残念ながら、人の心も及ばぬほどに）、

昔見たあのあたり、バラックが建込んでいて、
やりかけの柱頭や丸太が高く積まれていたり、
雑草が生えしげり、水溜《みずたま》りには緑になった大石がころげていたり、
そうかと思うと、硝子戸《ガラスど》ごしにがらくたが光っていたりしたものだ。

そこに、いつぞや、動物の見世物小屋が陣取った。
そこに、ある朝、僕は見た、よく晴れたさむ空のもと、
「人の稼《かせ》ぎ」が目を醒《さま》し、塵埃《ごみ》捨場から濛々《もうもう》と

黒い煙の竜巻《たつまき》が静かな空気に立つ時刻、
檻《おり》を逃《のが》れた一羽の白鳥、
蹼《みずかき》づきの両足で水気《みずつけ》のない舗石《しきいし》搔《か》いて、
凸凹《でこぼこ》だらけの地面《じべた》の上に白妙《しろたえ》の姿引きずるその態《ざま》を。
涸《か》れた小川の岸まで来ると大きく禽《とり》は嘴《くちばし》を開《あ》き

神経質に両翼を砂埃《すなつぼこり》に漬《つ》けたまま、
生れ故郷の美しい湖水を胸に描きながら、言うらしかった、
《雨よ、何時《いつ》降ってくれるか？ 雷よ、何時鳴り出すか？》
不思議で不吉な神話のような、あの気の毒な白鳥が、

空の方へと幾度も、オヴィード＊の歌の中なる流人《るにん》のように、
酷《むご》いほど真青《まさお》に冴《さ》えた意地悪な空の方へと、
神に恨みの数々を毒づいてでもいるように、
痙攣《ひきつ》る頸《くび》を長くして渇《かわ》いた頭《かしら》をのばすのがまだ目に見える思いがする！

2

パリは変る！　だが然《しか》し、僕の心の憂愁《さびし》さは、一向に
変りはしない！　新築成った高楼も、足場も、さては石材も、
旧《もと》の場末も、一切は僕のため寓喩《ぐうゆ》と化《な》って、
なつかしい思い出の数々は岩より重い。

だからまた、今ルーヴルの前に立つ僕の胸突く幻もあるが当然。
思い出すのはあの白鳥、大きな姿、狂おしい素振《そぶり》の奴《やつ》だ、
流人《るにん》のように、どことなく間が抜けていて、崇高で、
たった一つの願望に絶えず悶《もだ》えていたっけが！

次ぎはあなただ、アンドロマック、偉大な夫の腕《かいな》から、
つまらぬ家畜かなぞのように、傲慢《ごうまん》なピリュスの手中へと落ち、
空《うつ》ろな墓の傍《かたわら》で気を失うほど身悶えた、
エクトールの寡婦《かふ》であり！　また哀れにも、ヘレニュスの妻のあなただ！

また僕が思い出すのは、黒人のあの娘、肺病んで、身は細り、
泥濘《ぬかるみ》に行き暮れて、眼《まなこ》けわしく、探していたっけ、
濃霧《ふかぎり》の広壁の背後《うしろ》にきっとあるはずの
青陽のアフリカ州の椰子《やし》の木を。

絶対に、絶対に、二度とふたたび無いはずの
大事なものを失った人達を！　水の代りに涙で生きて
温良な牝《めす》の狼《おおかみ》にするように「苦悩」の乳房吸う者を！
花ほど哀れに凋《しぼ》んでしまう痩《や》せ衰えた孤児《みなしご》を！

だからまた、僕の精神《こころ》が隠退《ひっこ》んだ森の深間《ふかま》にも
一つの古い「思い出」が高らかに角笛鳴らすのも当然！
僕は思うよ、置去り食《くら》って島にいる水兵たちを
つながれて牢《ろう》に在る者、敗れはてまた起《た》たぬ者！　……他にもなお哀れな人ら！

九〇　七人の老爺《ろうや》

ヴィクトル・ユーゴーに

雑踏する大都会、妄想《もうそう》で一ぱいな大都会、
ここでは幽霊が真昼間現われて、道行く人の袖《そで》をひく！
不可思議は到《いた》る処《ところ》、樹液のように、
この逞《たくま》しい大都市の狭い運河の中を流れている。

ある朝のこと、さびしい街の家々が、
深霧に高さを加え、
水嵩《みずかさ》増した小流れの両岸と見える折から
これはまた俳優の気持に合った背景というのだろうか、
よごれ腐って黄ばんだ靄《もや》があたりを閉《と》ざしてこめる中を、
僕は主役をふられた気持で神経質にこわばって

すでに気力の尽き果てた自分自身の魂と議論しながら、
砂利積んだ重い馬力に打ち揺れる場末の街を歩いていた。

藪《やぶ》から棒に忽然《こつぜん》と、老爺が一人、折からの降り出しそうな空に似て
黄いろい襤褸《ぼろ》に身を包み、
意地悪く光る眼《め》つきがなかったら、
お布施の雨が降りそうな、乞食のような姿して

僕の行手に現われた。此奴《こやつ》目だまは、苦汁《にがり》に漬《つ》けて置いたよう。
目つきは寒さを尖《とが》らせて、
長いあご髯《ひげ》、剣《けん》の硬さに毛筋立ち、
ユダのそれかと逆立った。

腰は曲らず、折れていた、何しろ
背骨が両脚と、立派に直角をなしていた、
杖《つえ》ついたその恰好《かっこう》は、どうみても片輪の四足獣《よつあし》

さもなくば、三本脚のユダヤ人、
あやうげな歩行であった。
雪と泥《どろ》とのぬかるみをよちよちと拾い歩いた
浮世の事に関心がないというではないらしく、
むしろ敵意があるらしく、死者達を古靴《ふるぐつ》で踏みにじりでもするように。

そっくりな別の一人が従《つ》いて来た、髯《あごひげ》も、目玉も、腰も、杖も、ぼろ服までが、
そっくりだった、同じ地獄にいたものか、
この百歳の双生児《ふたごめ》奴は、このおかしげな幽霊は、
何を目ざすか、同じ歩調で歩いておった。

一体僕は、どのような忌《いま》わしい陰謀の目標になったものやら
それとも果してどのような悪意に満ちた偶然がこんな侮辱を与えるのやら？
とにかく僕は数えたものだ、刻々に数が増《ふ》え
気味悪いこの老いぼれが七人ずらっと並ぶまで！

僕のこの不安を嗤《わら》う人達よ、
僕のこの戦慄《せんりつ》に同意出来ない人達よ、
思い及んでくれないか、老いぼれ果てているくせに
この七人の醜怪に、不思議にも、不滅の相のあったこと！
非情で、皮肉で、のっぴきならぬ、瓜《うり》二つほど似た者同士よ
自分自身の子でもあり父でさえある厭《いと》わしい不死鳥よ、
八人目の貴様を見たら、僕は命がなかったはずだ。
――幸い僕は背を向けた、地獄から来た行列に。

世界が二重に見えると怒る酔いどれみたいにいきり立ち
僕はわが家へ引上げた、戸口を閉めて、おののいた、
病んだ、悪寒《おかん》にわなないた、心は熱した狂おしく、
神秘と無稽《むけい》に傷ついた！

理性の舵《かじ》の甲斐《かい》もなく
すさぶ嵐《あらし》の手荒さに
帆柱折れた捨小舟、僕の心は、
際涯《はてし》もない魔の海で、揺れ揺れて漂うばかり！

九一　小さく萎《しお》れた老婆《ろうば》達

ヴィクトル・ユーゴーに

1

古い都の街中《まちなか》の曲りくねった襞《ひだ》の中、
一切が、恐怖でさえが、興趣《おもむき》と変《な》る処《ところ》、
持ち前の数寄心《すきごころ》抑えがたくて、きてれつで愛すべき、
老人どもよ、出て来いと、見張する僕。

今見ればよぼよぼのあんなお化《ばけ》も、昔は女だったとさ！

*楊貴妃《ようきひ》か出雲阿国《いずもおくに》というところ！ 折れ曲り、
縒《よ》れて歪《ゆが》んだお化《ばけ》だが、愛してやろう！ まだ魂は持っている。
下裳《したばき》は穴だらけ、うす寒そうな服装《なり》をして、

意地わるな北風にたたかれながら、うろつきまわる、
乗合馬車《バス》の轍《わだち》の高鳴りに怖《おそ》れわななき、
大事な形見のようにして、しかと小脇《こわき》に、
花や隠語を刺繡《ししゅう》した小袋を抱きしめて。

よちよちと歩く姿は、操人形そっくりだ。
傷ついた獣のように跛曳《ひ》いたり、さもないと、
いたずら者の悪魔めにとっつかまった鈴みたい、
不本意ながら踊ったり！
手足はろくに利《き》かないが、眼《め》は鋭くて錐《きり》みたい、
夜《よる》の水たまりほどにきらつく。

光るものさえ見かければ、驚いてにこりと笑う
幼女の聖《きよ》い眼《ま》なざしもまだ失ってはいない。
——読者よ、君は気づいているか、子供のそれほど小《ちっ》ぽけな
老婆の棺をよく見かけると？
幼い者と老いた者、二つの棺が同じとは、
深い心の「死」が示す奇異でゆかしいサンボール、
だから僕、パリの街の人ごみを、よぼよぼな幽霊めいた姿して、
横ぎる老婆を見かけると、
どうしても思いたくなる、新しい揺籃にたどりつこうと
このかよわい生物《いきもの》はそっと歩いているのだと。

さもないと、調和のまるで無くなったぶざまな姿を見るにつけ、
幾何学に思いをひそめ、考えずにはいられない、
あんな死体を納めるのには、職人は箱の形《かたち》を

何度やり直す必要があるだろうかと。
——あの眼は涙の積る井戸、
冷たくなった金属のこびりついてるきらつく坩堝《るつぼ》……。
冷酷な「不運」の乳がはぐくんだ人にとり、
意味深長なあの眼には心にせまる味がある！

2

名ばかり残って無い都、フラスカーテの尼寺の恋に狂うた尼君か
草葉のかげの黒子《くろこ》ばかりが、その名を知ってる女歌舞伎《めかぶき》か
花のティヴォリの酒宴《さかもり》に花と競うた白拍子《しらびょうし》か、
どの一人《ひとり》の身の上を思うだけでも、心はしびれる！
今見ればどれも皆、よぼよぼな老婆たちだが、その昔
悩みをさえも蜜《みつ》として、力とたよる「献身」に、
《鷲頭馬《イポグリフ》身の怪物、翼貸せ、わたしを

天まで連れて行け》なぞと健気《けなげ》に呼びかけた者さえあった。

中の一人は祖国のために不運にさらされ、
別の一人は、夫の故《ゆえ》に悩みを重ね、
他の一人は、子の剣で聖母《マドンナ》の胸板刺され、
どの一人とて、各々《おのおの》の涙は大河をなしたはず！

3

幾度僕があの老婆達のあとをつけることだやら！
中の一人は、沈む太陽《ひ》が、真赤な傷あとで
天を血の色に染め出す頃《ころ》、
もの思わしげに、人と離れたベンチに倚《よ》って、

聞き入ることが好きだった、時々軍楽隊が来て公園一ぱい漲《みなぎ》らせる、
銅製楽器の沢山な嚠喨《りゅうりょう》とした演奏に、
生きかえるような思いの金色の夕ぐれに

市民の心に武勇の気持を注《そそ》ぎ込むあの奏楽に。

この老婆、腰もまだ曲ってはいず、気品もあって行儀よく、
勇壮なこの軍楽に貪《むさぼ》るように聞入った！
片目だけ、時々ふと、老残の鷲《わし》の目に似て瞠《みひら》いた、
大理石かと思われるその額には月桂樹《ローリエ》がいかにも似合いそうだった！

4

このようにして君達は、浮世の苦楽知らぬげに、愚痴さえなしに、
生きた都会の雑踏を押し分けていま進み行く、
血を吐く思いの母たちか、聖女か、或《ある》いは娼婦《あそびめ》か、
時を得てかつてはいずれ名を謳《うた》われた女達。

君達のかつての美貌《びぼう》、君達のかつての栄誉、
誰一人、すでに知らない！　不作法な酔いどれ奴《め》、
行きずりに、聞くに堪えない嘲弄《ちょうろう》の恋の言葉を投げて去る。

ひねこびて下劣な小僧、君達の踵《きびす》を追うて跳びまわる。

生きているさえ恥ずかしいか、いじけ萎《しぼ》んだ影に似て、
おそれおののき、うつ向いて、壁すれずれに君達は行く。
誰一人君達に挨拶《あいさつ》しない、不思議な宿命《まわりあわせ》の人達よ！
あの世への仕度の出来た人間の残骸《ざんがい》よ！

だが僕は、僕だけは、よろめく君達の足元にじっと不安の眼を据《す》えて
遠くから、まるで君達の父親ででもあるかのように、
やさしい気持で見守るが、こいつが素敵だ！
君達に気はつかないが、僕はひそかな快感を満喫してる。

僕は見る、花と咲く若き日の君達の色恋の数々を。
僕は生きる、君達の過ぎた昔の、明暗の日日を。
多感な僕の心臓は君達の一切の悪業《あくごう》を享楽《きょうらく》し！
僕の魂は君達の一切の美徳のゆえに照り映える！

老残悲惨の女達！　わが家族！　おお、同質の脳味噌《のうみそ》よ！
毎晩、僕は君達に、おごそかに、別れを告げる！
神の手荒な爪先《つまさき》が追いすがる八十歳のイヴ達よ、
明日の朝あけ、君達は果してどこにいるだろう？

九二　盲人たち

見るがよい、魂よ、彼らは実際醜悪だ！
マネキン人形に似て、妙に変てこで、
夢遊病者のように、不気味で、奇天烈《きてれつ》で、
つぶれた目玉を、当《あ》てもない方角へ、じっと向けている。
尊い火花の消えてしまった彼らの眼《め》は、
遠方を、眺《なが》めでもするかのように、

じっと、天をにらんでいる、彼らの重たげな頭が
夢を追うため、うつ向くのは、ついぞ見かけぬ。

彼らこうして、久遠《くおん》の沈黙の兄弟分、
無窮の闇《やみ》の世界を横切って行く。おお、都会よ！
お前が、僕らの周囲で、歌い、笑い、さんざめき、

怖ろしいほど、快楽に心を奪われている、そのひまに、
見るがよい、僕もまた、とぼとぼ行くよ！　彼ら以上の、ほうけ面《づら》して、
生意気に、《盲人ども、天に何をかさがすやら？》なぞ、口たたき。

九三　行きずりの女に

街の騒音が僕の周囲に吠《ほ》えていた。
細《ほっそ》りと背すがら高く、

小ざっぱりして、気品もあって、小股《こまた》の切れた一婦人、
粋《いき》な手つきに褄取《つま》って、
ひろやかな裾《すそ》ゆりながら行き過ぎた。

僕は変質者のように、身をひきつらせ、飲みこんだ、
嵐《あらし》を胎《はら》む曇り空、その婦人《ひと》の目の中の
心を蕩《とろ》かす甘やかさ、命《いのち》を奪う快楽を。

ちらっとひと目……あとは闇《やみ》!――目交《まなかい》一つで、
忽《たちま》ちに、僕に蘇生《そせい》の思いをさせて、さと消え失《う》せた婀娜《あだ》の子よ、
あの世へ行くまであなたには、また逢《あ》う折もあるまいか?

行ってしまった、遠くの方へ! もう遅すぎる! 二度と逢う日はまたあるまい!
僕はあなたの行方を知らぬ、あなたも僕の行手を知らぬ、
さぞ深く僕が愛したであろうのに、そうと気づいた君なのに!

九四　耕す骸骨《がいこつ》

1

死骸のような多くの書物が
大昔の木乃伊《みいら》のように眠りこけている
埃《ほこり》っぽい河岸の古本屋に
棚《たな》ざらしの人体解剖図があるが、

中に交って、主題こそ悲惨ながら、
老いた画工の熱意と腕が、
「美」の息吹《いぶき》を通わすに
成功した数枚の絵図がある、

描かれているのは、「皮膚《かわ》を剝《はが》れた人間」と、
「骸骨ども」が、農夫のように地を鋤《す》きかえす姿だが、
これが一層、図柄《ずがら》の神秘なあくどさを、
深く厭味《いやみ》なものにしている。

2

忍従で陰気臭いどん百姓よ、
君らの赤肌《あかはだ》の筋肉と
あらわな背骨《せぼね》を酷使して
掘りくりかえすこの土地から、

どんな風変りな収穫を、期待するのか、
墓穴から連れ戻された囚人たちよ、言ってごらん、
どこの徴税請負人の
穀倉を満《み》たす責務があるというのか？

それとも君らは見せたいのか、
（あまりにも苛《むご》たらしい運命につけ狙《ねら》われる君らだから！）
墓穴の中の眠りさえ
安穏《あんのん》は有得ないと、

「虚無」さえが人間を裏切ると、
一切が、「死」そのものまでが、人間を欺《あざむ》くと、
つまり永久に、悲しいことだが！
僕ら人間という奴《やつ》は、ともすると、

そんじょそこらの見知らぬ国で、
硬い土を削ったり
血まみれの跣足《はだし》の足で踏《ふん》づけて
重たい鋤《すき》を打込んだりがその宿世《すくせ》だと？

九五　たそがれ時

時は今、罪人《つみびと》の友、愛すべき、たそがれの時、
足音しのび、共犯者のように近づく。
大空は、ひろやかな臥所《ふしど》のように、しずしずと閉ざされて、
せっかちな人間は野獣と変る。

たそがれ時よ、しみじみとその両腕が、
《ようこそ今日は働いたわい！》かく言うことの出来る者が
焦れて待った、愛すべきたそがれ時よ。――たそがれは慰めてやる
苦しみに胸抉《えぐ》られる人達を、
強情な勉強に頭の重い学究を、
背を曲げて、ベッドへ戻る職工を。
さるほどに、空気の中の悪霊《あくりょう》が

事業家のように重っ苦しく目を醒《さ》まし、
鎧戸《よろいど》や廂《ひさし》をノックして翔《と》びまわる。
風に消えかかる灯《ともしび》ごしに
「売淫《ばいいん》」は街々にともり初《そ》め、
蟻《あり》の巣の四通八達《しつうはったつ》、

奇襲を企てる敵軍のように
到《いた》る処《ところ》に隠密《おんみつ》な道を見出《みいだ》し、
「人間」を餌食《えじき》に生きる蛆《うじ》のように
汚穢《おえ》の都のふところ深くうごめきつづける。
其所此所《そこここ》の調理場に蒸気がうなり、
劇場は奇声を発し、オーケストラは鼾《いびき》をかき。
賭《かけ》が何よりご馳走《ちそう》の安料理屋は、
淫売婦とそのつけ紐《ひも》の詐欺師《さぎし》で一ぱいになり、
一時たりと心の安《やす》まるひまのない盗賊どもは、
やがてまたこ奴らも仕事を始め、
数日の食と情婦らの美服の代《しろ》に

こっそりと戸口や金庫をこじあける。
思いをこらせ、わが魂よ、この今のせっぱつまった一時《ひととき》に、
そして耳を閉ざすがよい、この騒々しい物音に。
時は今、病人の苦痛いやが上にもつのる時！
陰気な「夜」は彼らの咽喉《のど》をしめつける、
いま彼らそれぞれの宿世《すくせ》を終えて、何《いず》れは同じ深淵《しんえん》へ落ち込んで行く。
それかあらぬか病院は彼らの吐息《ためいき》で一杯だ。——
今宵《こよい》また、幾人か居炉裡《いろり》の前の愛する者の傍《かたわら》へ
湯気の立つスープを求めに来なくなる。

それさえあるに、彼らの中の大勢は、
家庭の和楽も知らなんだ、生きたとさえも言えなんだ！

九六　賭《と》博《ばく》

色褪《いろあ》せた安楽椅子《あんらくいす》に、老い過ぎた淫売婦《いんばいふ》、
顔色蒼《あお》く、引眉毛《ひきまゆげ》、媚《こ》び見せる不吉な目つき、
嬌《しな》態つくり、痩《や》せて離れそうな耳たぶから
宝石《いし》と金属の擦合《すれあ》う音をふりこぼす。

賭場台《とばだい》の周囲には、唇《くちびる》のない顔が、
色のない唇が、歯のない顎《あご》が並んで見え、
空《から》っぽのポケットや、胸座《むなぐら》さぐる
地獄の熱気にあおられてひきつった指が見える。

よごれた天井に、うす暗い釣燭台《つりしよくだい》の一列と
大型の空気ランプの灯《ひ》がともり、
血の汗の結晶を浪費しようとやって来た

高名な詩人らの悩みの額を照らしている。
以上が、これが、ある夜の夢に、冷徹な瞳《ひとみ》の奥に
僕の見た、暗黒の情景だった、
僕自身、ひっそりしたこの洞窟《どうくつ》の片隅《かたすみ》に
肱《ひじ》ついて、冷静に、羨望《せんぼう》しているのが見えた。

連中の執念深い情熱が羨《うらや》ましくて、
老い過ぎた淫売どもの痛々しい陽気さが羨しくて、
僕の目の前で、傍若無人に、各自《てんで》に、その
古ぼけた名誉だの、昔の美貌《びぼう》だのを取引するのが羨しくて!

そして僕の心は、おそれに縮み上ったものだ、
深淵《しんえん》の巨大な口へ駆けこんで、血気にはやり、
つまりは死より苦悩を選び、虚無より地獄を選ぶ人たちを
僕がこうまで羨望するので!

九七　死の舞踏

エルネスト・クリストフに*

生者と同じく、姿のいいのがお自慢で、
大きな花束、手巾《ハンカチ》、手袋、寸分《すんぶん》のすきもない仕度、
骸骨《がいこつ》め、どうやらこれで、やせぎすの浮気女《うかれめ》の
なよなよしくもしどけない風情《ふぜい》に見える。

細腰もこんなのは舞踏会では初めてだ！
大袈裟《おおげさ》な彼女の衣裳《いしょう》、王様めいて寛闊《かんかつ》に、
房飾りした花靴《はなぐつ》の枯れ朽ちた足先被《おお》うて
たっぷりと枝垂《しだ》れかかった。

岩肌《いわはだ》に身をすりつける好色の小川のように

鎖骨のあたりにひらひらと動く襞紐《ひだひも》、
見られともない乳房のあたりの不吉な美をば
人目の嘲《あざけ》りとさげすみから羞《はじ》らいがちに守りつづける。
深い眼《め》は空無と闇《やみ》で出来ていた、
手際《てぎわ》よく花《はな》の鬘《かずら》で結いあげた頭蓋骨《ずがいこつ》
脆《もろ》そうな背骨の端に、なよやかに揺れて動いた。
馬鹿《ばか》々々しいほど着飾った虚無の魅力という奴《やつ》だ！

肉にばっかり酔い痴《し》れて、人骨の言いようもない
優美さを味《あじ》わいかねる心ない恋人どもは、
或《ある》いはそなたをカリカテュールと嘲《あざけ》ろう、だが然《しか》し、
大骸骨よ、そなたこそ、僕の好みにぴったりする！

仰山な顰面《しかめつら》して、この「人生」の饗宴の邪魔をしようと、
そなたはここへ来たものか？　それとも何か宿望に

生きた屍《かばね》の今の身を鞭打《むちう》たれ、あさはかに、
「歓楽」のこれな魔宴《サバト》に出て来たか？

ヴィオロンの歌声で、蠟燭《ろうそく》のともる明りで、
そなたを嘲る悪夢奴《め》を、追払おうと希《ねが》ったか、
そなたの心に燃えさかる火焔《かえん》地獄を冷《ひや》そうと
大乱痴気のこれな酒宴の奔流に求めて来たか？

愚劣と過去のいくら汲《く》んでも尽きない井戸よ！
昔ながらの人間苦しぼる不滅の蒸溜器《らんびき》よ！
そなたの肋骨《あばら》の歪《ゆが》んだ格子《こうし》のすき間から、
僕には見える、貪婪《どんらん》な毒蛇《どくじゃ》が這《は》いずり廻《まわ》る姿が。

本当を言うと、僕は怖《おそ》れる、折角そなたの苦心に成った
媚態《びたい》もどうやら無駄《むだ》ではないかと。
会衆のうちの果して幾人《いくたり》に、そなたの諷刺《ふうし》が解《わか》ろうぞ？

恐怖の魅力に酔い得るは、強者の他はないはずだ！
厭《いや》らしい思いに満ちたそなたの眼《まなこ》の深淵《しんえん》は
眩《めまい》を人に吐きかける、用心深い踊り手なら
三十二枚のそなたの歯の薄気味悪い微笑《ほほえみ》を、
嘔気《はきけ》なしには眺《なが》めはしまい。

然しまた、骸骨を抱き締めたことのない者があろうか、
墓場から養いを摂《と》ったことのない者があろうか？
香料に、美服に、紅や白粉《おしろい》に、何があろうぞ？
厭な顔する奴原《やつばら》は、自惚《うぬぼ》れの恥さらすだけ。

鼻の欠け落ちた舞姫よ、抵抗し難い阿魔《あま》っ子よ、
厭な顔する舞踏者《ダンサー》に言うがよい、
《気位高い阿呆《あほう》ども、紅は濃く、白粉厚く妝《よそ》おうも、
貴様らは死臭芬々《ふんぷん》！ 麝香《じゃこう》を浴びた骸骨どもよ、

色香の褪《あ》せたアンティヌス*よ、のっぺりした伊達者《だてもの》よ、
金箔《きんぱく》づきの屍《なきがら》よ、白髪《しらが》あたまの世之介よ、
世界をどよもす死の舞踏、そのステップは
貴様らを知らない土地へ連れ出すぞ！

セーヌの寒い岸辺から、ガンジスの火の岸辺まで、
死を背負う家畜の群は踊り狂っているけれど
真黒いラッパ銃ほど気味悪い大口あいて、
「天使」のラッパが天井の穴にあるのに気付かない。

おかしい極みの人間よ、何処《どこ》へ逃げても隠れても、
「死」は貴様らの、踊る姿の笑止さに感心しては、
時々、貴様ら同様に、蘭奢待《らんじやたい》身に焚《た》きこめて、
貴様らの狂態に、自分の諷刺を交ぜるのだぞ！》と。

九八　偽りの恋

おお、もの憂《う》げな愛人よ、天井に砕け散る、
楽《がく》の音《ね》にゆられ、物腰かろくしとやかに、
思い深げなまなざしに一抹《いちまつ》の悩みを見せて
進み出るそなたを見ては、

ガスの灯《ひ》に色づいて、病的な魅力を増して、
夕暮の松火《たいまつ》の灯に茜《あかね》さす
蒼白《あおじろ》いそなたの面輪《おもわ》、さてはまた画像の人のそれに似て
人の心を惹《ひ》きつけるそなたの眼《まなこ》に見惚《みと》れては、

僕は思うよ、《なんと彼女は美しい！　そして不思議に若々しい！
雅《みやび》で重い塔に似た、多く備わる思い出が、
貫禄を彼女に添える、桃に似て傷《きず》ついたその心、その肉体と同様に、

愛の秘術に熟している》と。
そなたというは、味絶頂の秋の果実か！
涙待つ不吉の壺《つぼ》か、
遠国のオアシスへ夢誘う薫香《くんこう》か、
かわす枕《まくら》か、花籠《はなかご》か？

僕は知ってる、世の中には、何の貴い秘密も持たずに、
そのくせ極めて思わせぶりな眼《め》のあることも、
宝石の入れてない美しい宝石筺《ほうせきばこ》、形見の失《う》せた形見入れ、
どれもみな、大空よ、そなたほど奥深く、そなたほど空《うつ》ろのものが！

だがしかし、この僕の、真実を厭《いと》う心の慰《なぐさめ》のためになら、
そなたが外見《みかけ》だけだとて、間に合うのではあるまいか？
そなたの愚昧《ぐまい》、うす情け、それも結構！
仮面だろうと、見かけだろうと、嬉《うれ》しいことだ！　そなたの美を僕はあがめる。

九九

僕はまだ忘れずにいる、都に近い郊外の、
小ぢんまりして閑静な、白い僕らの隠れ家を、
石膏《せっこう》のポモーヌ像*と古めかしいヴィナスの像が、
植込みの葉がくれに、裸の手足をみせていた、
太陽は、日のくれに、きららかに、荘厳《そうごん》に、
光の束の砕け散る硝子戸《ガラスど》の彼方《むこう》から、
物見高い大空に見開いた眼玉《めだま》のように、
じっと僕らの悠々《ゆうゆう》としてひそやかな晩餐《ばんさん》を見守った、
素朴《そぼく》な食卓《テーブル・クロース》布やサージの窓掛《カーテン》の上一面に、
たっぷりと、大蠟燭《だいろうそく》もさながらの美しい反射を撒《ま》いて。

一〇〇

あなたが羨望《せんぼう》されたほど心のひろやかだったあの女中は、
目立たない草葉の蔭《かげ》に永《なが》の眠りをいまでは眠っています、
あなたと僕が回向《えこう》の花を手向けるのは当然のつとめでしょう。
死者達は、哀れむべき死者達は、みんな悩みの持主です、
古木の枝葉断落《たちおと》す「十月」のわびしい風に
自分らの墓標のまわり吹きまくりなぞされたなら、
必ずや、死者達は、ぬくぬくとシーツの中で眠っている
生者奴《め》を、恩知らず奴《め》と恨むはずです。
何しろ彼らはその間《ま》にも、暗い思いに閉《とざ》されて、
添寝の人も寝物語りもないままに、
蛆虫《うじむし》の食い荒す凍える骨と身は化《な》って

真冬の雪の滴《したた》りに寒々ぬれて、
鉄柵《てっさく》にぶら下るぼろぼろの花環《はなわ》を替える親切な
友も身内もないままに、永い世紀が過ぎ行くと感じるのだから。
居炉裡《いろり》の薪《まき》が燃えさかる、日暮れ方なぞ、万が一、
しとやかに、そこなる椅子《いす》に、彼女が腰を下すのが見えたりしたら、
万が一、師走《しわす》の寒く澄んだ晩、
持前のあの慈母に似た目《ま》なざしで、成人した僕を見詰めている、
あの世のベッドを抜け出してはるばるここまで来てくれて、
僕の居間の隅《すみ》になぞじっと佇《たたず》む、生真面目《きまじめ》な
姿が見えたりなぞしたら、
あらぬ瞼《まぶた》をぬらして落ちる彼女の涙を前にして
あの敬虔《けいけん》な霊魂に、何と返事をしたものでしょう？

一〇一　霧　と　雨

晩秋から、冬を越え、泥《どろ》っぽい春先きまでの、
退屈な季節よ！　僕は君らを愛し、君らを賛美する者だ、
こうまでして君らは、僕の心と脳髄を、
霧の死布《かけぎぬ》と雨の墓とで、包んでくれるのだ。

冷たい北風の吹きつのる、この広野に、
永い夜《よ》の間《ま》に、風見の鶏《とり》が、咽《のど》を嗄《か》らすところに、
陽春の暖かい頃《ころ》よりは、却《かえ》って気楽に、僕の心は、
暢《の》んびりと、鴉《からす》さながらの、黒い翼《はね》を開くだろう。

かなしいことで一杯の、久しく霜の置きつづける、
この心のためには、おお、蒼《あお》っ白《ちろ》い季節よ、
この国の季節の女王よ、君らの移ろわぬ薄闇《うすやみ》ほど、

うれしいものは、他にはないよ。

――月のない晩、二人して、

思いがけないベッドの上で、苦悩をなだめ合う以外。

一〇二　パリの夢

コンスタンタン・ギースに*

1

生きてまだ見た人のないほどの、
あの凄《すさま》じい風景の、
薄れて遠い映像が、
またしても、今朝、僕を嬉《うれ》しがらせた。

ほんに眠りという奴《やつ》は、奇跡で一杯！

奇代《けったい》な気紛《きまぐ》れから、
僕は、夢のこの景色から、
不揃《ふぞろい》な植物は、一切合切追い出した。

さて僕は、鬼才を誇る画家として、
自作の画中に、金属と大理石、
そして、水以外のものはまるでない、
単調に陶然とした。

階段と拱廊《きょうろう》を積み上げたバベルの塔とも見えるのは、
無限に広い宮殿だった、
瀦水《ためみず》や飛泉が無性にあって、
とりどりの艶《つや》見せる金盤《きんばん》に落下した。

水嵩《みずかさ》重い大滝は、
水晶の簾《すだれ》のように、

金属製の懸崖《けんがい》に、
燦爛《さんらん》とぶら下ってた。

樹木でなくて柱廊が
静かな沼を繞《めぐ》っていた、
見上げるばかり大柄《おおがら》な水の精《ナンフ》が棲《す》んで
女のように水鏡した、

ばら色とみどりの岸にまもられて、
青々と水は流れた、
幾万里、見渡す限り、
世界のはてし目ざして。

岸は素晴らしい宝石の岸、
水は不思議な魔法の流れ、
影映す物体ゆえに

眩《まば》ゆく光る大鏡！

ガンジスにまがう大河、天空を
気のないさまに悠々《ゆうゆう》と流れては、
ダイヤモンドの深淵《しんえん》に
甕《かめ》の宝物ぶちまける。

自らの桃源郷の建築師、
僕は自在にやらかした、
手馴《てなず》けた海を招いて
宝石のトンネルをくぐらせる離れ業。

一切が、黒色までが、
明るく五彩に磨《みが》かれて、
液体は結晶化した光線の
中に自分の栄光を鏤《ちりば》めた。

この不可思議な光景を照らし出すのに
まるっきり星はなかった、太陽の影もなかった
空の裾《すそ》、果の方にも、
一切は自らの光のゆえに輝いた!

然《しか》もこの生きてうごめく絶景の上を包んで
(こともあろうに! すべては目のためばっかりで、
耳のためには何もないとは!)
永久の沈黙がおっかぶさっていたものだ。

2

炎で一ぱいな眼《め》をひらくと、途端に、
自分のむさくるしい部屋が映った、
われに返るといち早く、
呪《のろ》わしい苦労の刃先《はさき》が身を刺した、

不吉な音の時計奴《め》が、
藪《やぶ》から棒に正午を打った、
悲しく麻痺《まひ》した世界の上に、
空は暗さをふらしていた。

一〇三　かわたれ時

営庭に、起床ラッパが鳴っていた、
朝風が、街燈《がいとう》を吹いて通った。

時は今、悪夢の一群、襲い寄り、
栗《くり》いろ髪《がみ》の、若者を、枕《まくら》の上に、捩《ね》じ伏せる時刻。
暁の光の中にランプの灯《ひ》、血走ってまたたく眼《め》のように、
紅一点の、汚点《しみ》と化《な》る時刻。

魂は、頑《かたく》なな、鈍重な、肉体の重圧に堪えかねて、
暁の光とランプの、この争いの真似《まね》をする。
そよ風の拭《ぬぐ》い去る、涙にぬれた顔もさながら、
朝の空気は、去りゆくものの、わななきに満ちている。
男は、もの書くいとなみに、女は、愛のいとなみに、疲れ果てた。

そこここに、家々が、かしぐ煙を、上げ初《そ》めた、
娼婦《さぶるこ》たちは、鉛色のまぶたを、閉《と》ざし、
口は、あんぐり、痴呆《ちほう》の眠りに、おちいった。
賤《しず》が女《め》は、やせて冷たい乳房も、だらり、
忙しく火を吹き、指を吹いていた。
時は今、寒気と貪婪《どんらん》の中にいて、
産褥《さんじょく》の婦《おんな》たちの、苦痛の増す時刻、
泡立《あわだ》つ喀血《かっけつ》にとぎれる、すすり泣きに似て、
牡鶏《おんどり》の歌が、遠くで靄《もや》をひきさいた。
たちこめる霧の海、たち並ぶ大廈《たいか》を埋ずめ、

養育院の一室に、瀕死《ひんし》の病者、
とぎれとぎれに、吃逆《しやく》り上げ、息を引き取る。
蕩児《とうじ》たち、放蕩に疲れはて、家路をたどる。

ひと気のないセーヌの河岸《かし》を、ばら色とみどりの衣《なり》の、
夜明けの姿が進み出た、わななきながら。
まだ明けきらぬ都のパリ、
老いて旺《さか》んな、この稼《かせ》ぎ手は、仕事道具をとり上げた。

酒

一〇四　葡萄酒《ぶどうしゅ》の魂

ある宵《よい》のこと、葡萄酒の魂が、壜《びん》の中で歌っていた、
《人の子よ、親愛な棄《す》てられ人、僕は君に向って、
自分の硝子《ガラス》の牢獄《ろうごく》から、赤い封蠟《ふうろう》の下から、
光明と友愛に溢《あふ》れた歌を捧《ささ》げつづける！

僕の生命を宿し、僕に魂を与えるに、
夏の日のあの炎の丘で、どれほどの辛苦と、

脂汗《あぶらあせ》と、やけつくような太陽が、必要だかを、僕は知っている、
だが僕は、恩知らずでも、悪党でもないつもりだ。

なぜかというに、僕は仕事でへとへとになった男の、咽喉《のど》をくぐる時、
限りない悦《よろこ》びを感じるのだし、
また彼の熱い腹中は、自分の住み慣れた冷たい酒倉よりは、
よほど気に入るのだから。

君に聞えるか、意気ごむ僕の胸中に、
日曜日の端唄《はうた》が、泡立《あわだ》つ希望が？
テーブルに両肱《りょうひじ》立てて、袖口《そでぐち》はまくし上げて、
僕を賛《たた》えて見たまえ、君は必ず酬《むく》いられるよ。

元気な君の細君の瞳《ひとみ》を、僕は耀《かがや》かそう、
君の令息に力と顔色をとりもどしてやろう、
このかよわい人生の闘士のために、

強剛力士の筋力を強化する、油の役目をしてやろう。
そして君の腹中へ、僕は不老の神膏として、
永遠の「種蒔《ま》く人」の手が、蒔いた貴重な種として入《い》り込もう、
僕ら二人の友情から、詩が生れ、
珍稀《ちんき》な花のように、「神」の方へと咲きかおるがために！》

一〇五　屑屋《くずや》さん達の酒

人間どもがぶつくさと音立てて糀《こうじ》のようにわいている
泥《どろ》の八幡《やわた》の藪《やぶ》知らず、古びた場末の街中で、
吹く風に炎は揺られ、硝子《ガラス》はきしる街燈《がいとう》の
赤茶けた光を受けて、
屑屋奴《め》が、頭ふりふり現われて、まるで詩人の真似《まね》でもするか、

千鳥足、右や左の壁にぶつかり、
刑事なぞ家来ほどにも気に留めず
思う存分大言壮語する態《さま》を時に見かける。

先《ま》ず奴《やっこ》さん、天地神明に誓を立てて、崇高な理法を宣し、
悪人ばらを打ち挫《くじ》き、犠牲者に声援し、
澄み切った天空を釣《つ》り天蓋《てんがい》と見立てるものか、
その下に突立って、素晴らしいわれとわが美徳に酔うた。

そうなのだ、この連中は、世帯の苦労を背負《しょ》い悩み、
稼業《たつき》に疲れ、老いに泣き、
巨大な都このパリが吐き出す嘔吐《へど》の滅茶苦茶の
屑物の大山に押しつぶされてへたばって、

今しも家路に帰るのだ、酒臭い息吐きながら、
生活戦に疲れ果て、髪は真白、

口ひげは古びた国旗だらしなく下った仲間と連立って。
朦朧《もうろう》とした酔眼の彼らの前に、幟《のぼり》や花輪、
凱旋門《がいせんもん》までそそり立つ、酒の魔術の荘厳《そうごん》さ！
おかげで、ラッパと太陽と喚声と太鼓との
音と光の大乱痴気の饗宴のまっ只中《ただなか》で
連中は、恋に酔う民衆に、光栄をもたらして行く！

こんな具合に、酒という奴《やつ》、浮薄な「人生」を貫いて、
眩《めまぐる》しいパクトル河*もさながらに、金色《こんじき》に流れつづける、
人間の咽喉《のど》を借り、酒は自分の手柄《てがら》を謳歌《おうか》し、
まこと名君さながらに、徳により統治する。

諦《あきら》めて死んで行く呪《のろ》われた老いぼれの連中の
せめて怨《うら》みを和らげてやり、腑甲斐《ふがい》ない一生を宥《なだ》めようとて、
「神」も哀れと気づいたか、睡眠《ねむり》を作り給《たも》うたが、

「人間」がそれに加えた、太陽の聖なる一子、「酒」というもの！

一〇六　人殺しの酒

おれの女房はくたばった、おれは自由だ！
これでいよいよ飲み放題というものだ。
文《もん》なしで帰って来ると、
奴《やつ》の叫びが骨身にしみたが。

王様ほどおれは幸せ、
空気は澄んでる、空は晴れてる……
おれがあいつに惚《ほ》れたのも
やっぱりこんな夏だった！

身を裂くばかりの飲みたい気持を

堪能《たんのう》させる段になると、あいつの墓になみなみと
溢《あふ》れる程の酒が要るわけ。――
こいつ仲々大仕事。

実言うと、おれはあいつを井戸の底へとおっ放《ぽ》り込んで
井戸側《がわ》の切石まで
残らず上から投げこんで来た。
――出来ればこれは忘れたいのさ！

あの世までもと契《ちぎ》った仲の
誓いの言葉を証人に、
好いて好かれた昔の仲に
戻るためだとだまかして、
おれは、あいつに、日ぐれ方、うす暗がりの路傍《みちばた》で、
逢曳《あいびき》しようと泣く泣く頼んだ、

あいつ出て来た！　――気違い阿魔《あま》さ！
誰しも多少は気違いだがね！

世帯やつれはしているものの、
あいつまだまだ美人に見えた！
おれは、まだまだ惚れ過ぎていた！
だから言ったさ、《死んでおくれ！》と。

おれの気持は誰にも解《わか》らぬ。
愚劣な酔漢どものうち
切ない思いの夜な夜なに、
酒を経帷子《きょうかたびら》に代えようとした奴が一人でもあっただろうか？

鉄製の機械のような
不死身に出来てる飲み助なんか
夏、冬かけてただの一度も

まことの恋なぞ、知りもしないさ、
ましては、恋につきものの、暗いよろこび、
疑心暗鬼のせつなさや、
毒薬の瓶《びん》、闇涙《あんるい》、さては、
鎖と骨の音なんか知りもしないさ！

——おれは、今こそ、自由なひとり身！
今夜は死ぬほど酔いつぶれよう。
悔いも怖《おそ》れも知らぬげに
地べたにごろりと寝ころんで、
犬ころみたいに眠ろうよ！

砂利と泥、満載の
重い車輪の荷車や
気違いみたいに迅走《つっぱし》る貨物車が

科人《とがにん》の僕の頭を潰《つぶ》そうと、
胴切りに二つにしようと、
一向に平気の平左
馬耳東風というわけさ！

一〇七　孤独者の酒

たわやなる、身の美しさ、浸さんと
さざ波の湖《うみ》の面《おもて》に、かの月の、
そそぐなる、白き光も、さながらに、
娼婦《さぶるこ》が、われらに贈る、あやしげな、その秋波《ながしめ》も、
賭博者《とばくしゃ》が、掌中の、最後の金《かね》も、
衰残のアドリナが、みだらなる接吻《せっぷん》も、

遠く聞く、人間苦悩の叫びかと、
まがうがごとき、身にしみて甘饒の音楽も、
なべてみな、及ばぬよ、頼もしき罎《びん》よ、
つつましき詩人《うたびと》の、渇《かわ》ける心に、与えんと、
汝《な》が、豊かなる腹中に、忍ばする辛《から》き慰安に、
罎よ、汝《なんじ》は注《つ》ぐよ、彼のため、希望を、青春を、生命を、
――また注《そそ》ぐよ、貧者の宝、われらを勝利に奢《おご》らせて、
「神」となす、かの矜持《きょうじ》をも！

一〇八　愛し合う男女の酒

今日《きょう》大空は素晴らしい！
銜《くつわ》も拍車も手綱もなしで

酒に跨《またが》って出かけよう
夢幻と聖《きよ》さの空めざし！

悪質の熱に苦しむ
天使みたいに、
朝の気の水晶と青澄む中を截《き》り進み
二人して遥《はるか》な夢を追い行こう！

心得顔の竜巻《たつまき》の
翼にやんわり運ばれて
二人は同じく恍惚《こうこつ》と、

恋人よ、並んで泳ぎ、
ひたすらに、ただまっしぐらに
僕の夢想の天国へ、逃げて行こうよ！

悪の華

一〇九 破壊

ひっきりなしに僕の身近で「悪魔」奴《め》が騒ぎ立て、
つかまえ難《にく》い空気のように、僕の周囲《まわり》を暴れまわる。
嚥《の》み込むと、僕の肺を焼き、罪深い永遠の欲望と化《な》って
胸一ぱいに満ち溢《あふ》れる気持だ。

「芸術」に対する僕の深い傾倒を知る彼奴《かやつ》、
時々、絶世の美女に化《ば》けたりして、

偽君子《にせくんし》の巧言《こうげん》まことしやかに、
僕の唇《くちびる》を破廉恥《はれんち》な媚薬《びやく》に慣れさせる。

彼奴《かやつ》また、「神」の見張から遠い所へ僕を連れ出し、
疲労困憊《こんぱい》、気息奄々《きそくえんえん》たる僕を、見る限り
広漠《こうばく》たる「倦怠《けんたい》」の曠野《こうや》に立たせ、

恥じてもだえる僕の眼中、投げつける
汚《よご》れた衣服、開いた傷口、さては、
「破壊」に用いた血まみれの道具！

一一〇 ある受難の女

某画伯のデッサン

香水の罎《びん》、錦繡《きんしゅう》の帳《とばり》、淫《みだ》らな寝具、
　大理石の置物や壁の油絵、
仰山な襞《ひだ》みせて裾《すそ》を引く移り香の残る婦人服、
　乱れ散らばるその中に、

温室の中に似た、むっとする氛《いきれ》が籠《こも》り、
　瀕死《ひんし》の花束が
硝子《ガラス》の柩《ひつぎ》そっくりな花瓶《かびん》の中で末期《いまわ》の呼吸《いき》を吐いている、
　生《なま》ぬるい部屋のさ中に、

首のない死体があって、大河《たいが》のように、

目の醒《さ》めるほど赤い血が
枕《まくら》をひたし流れ出し、旱天《かんてん》の牧場のように
　シーツ奴《め》も嬉《うれ》しく飲んだ。

闇《やみ》の中からぬっと出て、人の目を釘《くぎ》づけにする
　蒼《あお》ざめた幽霊そっくり、
生首は緑なす黒髪を長く重たく掻《か》き乱《みだ》し
　宝石の数《かず》さえつけて、

床脇《とこわき》の卓《たく》の上、毛莨《きんぽうげ》の花みたように、ちょこなんと置かれてあった。
　魂抜けて、まなざしは、
夕ぐれの光のように、ほの白く朧《おぼろ》にかすみ、
　開けっ放しの眼《め》からこぼれた。

ベッドの上では、一糸まとわぬ胴体が、ぬけぬけと、
　天与の賜《たまもの》、

男殺しのやわ肌《はだ》と人目に隠すあたりまで
あられなくさらけ出してた。
端々《はしばし》を金糸《きんし》でかがった、ばら色の靴下が、片脚にだけ、
思い出のように残った。
靴下止めは、燃えさかる秘密の瞳《ひとみ》、
ダイヤの視線を投げていた。

その容姿《すがた》ほど惑《まどわ》しの眼《まみ》美しい
くずおれた大柄《おおがら》のこの屍《なきがら》と
あたりとりまく寂寞《せきばく》の希代《けったい》なこの有様が、あばくのだった、
闇黒《あんこく》な愛のもつれのいきさつを、

帳《とばり》の襞に身を隠し堕天使達が
よろこんで眺《なが》めたはずの
罪の愉楽を、地獄の接吻《せっぷん》に終始した

怪しげな祝祭の数々を、あばくのだった、

それなのに、その肩つきの骨立った
　華奢《きやしや》な痩《や》せよう、
削ったような腰付やら、苛立《いらだ》つ蛇《へび》ほど
　きびきびした胴体などから見たところ、

若い女に相違ない！　——せっぱつまった心境と、
　倦怠《けんたい》に食い荒された官能が、
奔放無慙《むざん》な肉情の野犬の群を
　身に受け止める気にはなったか？

生きて捧《ささ》げたあれほどのそなたの愛も、
　満たしてやるに事欠いた逆恨《さかうらみ》から、
死んで動かぬ抗《あらが》わぬそなたの肉に跨《また》がって、そ奴《やつ》存分
　その果しない肉情を遂げて去《うせ》たか？

答えろ、汚穢《おえ》の屍《なきがら》よ！　手ざわりの荒いそなたの髪《かみのけ》をやおら摑《つか》んで、
わななく腕に持上げて、そ奴《やつ》めは、
ひやり冷たいそなたの歯並みに、別れの接吻《キッス》を残したか、
言え、気味悪い生首よ？

——嘲《あざけ》る世間から遠く、汚《けが》れた群衆から遠く、
穿鑿《せんさく》好きの法官どもから遠く、
眠れ、安らかに眠れ、怪しい女よ、
そなたの神秘な墓の中で、

そなたの夫、よしや世界を股《また》にかけ、逃げ廻《まわ》っても、
不滅のそなたの亡霊は、彼の夜毎《ごと》の枕辺に侍《はんべ》って、
彼にまで、そなたと同様、誠実を強《し》い、
多分死ぬまで変らぬはずだ。

一一一　呪《のろ》われた女達

さま悲しげに砂丘《すなやま》に横《よこ》たわる家畜群《けものたち》さながらに
彼女たち眼《まなこ》あげ遠沖つべを見やるかな、
探し合う足裏《あなうら》に、寄りすがる掌《てのひら》に
甘やかなものうさと刺すごときおののき見えて。

或《あ》る女《もの》は巨細《こさい》なる打明けに心たかぶり
小川せせらぐ森の奥深く入り、
内気な乙女なりし日の恋人の名の綴《つづ》り
若木の幹の青肌《あおはだ》に刻みつく。

或る女《もの》は、尼君に似て足どり重く遅々として行き給《たま》う、
聖《サン》タントワーヌ世に著《しる》きかの聖者さえ、誘惑の

紅蓮《べにはちす》あらわな乳房溶岩のごと湧《わ》き湧くを見しと言う
なやましき幻の住む岩窟《がんくつ》の中を過ぎ。

或る女《もの》は、倒れんとする松火《たいまつ》のかがようがもと
いにしえの異教徒の住み捨てし洞穴の
ひと気《け》なき空虚《うつろ》の中に、身を焦《こが》す情欲にもだえつつ
汝《な》を呼ぶよ、酒神《バッカス》よ、古き悔恨を眠らする者！

或る女《もの》は胸当に袈裟《けさ》かくる、つつましや、
裾長《すそなが》の法衣《ころも》の下に鞭《むち》秘むる、おそろしや、
暗き森、孤独の夜々のつれづれに
歓喜のよだれ憂悶《ゆうもん》の涙と共に下るかな。

おお処女よ、おお毒婦、おお妖婦《ようふ》、おお殉教女《マルチール》、
現世を他所《よそ》に享楽《きょうらく》の君ら偉大な精神よ、
無窮探《たず》ぬる女たち、狂信の女《もの》、淫婦《いんぷ》たち、

時あって喚《わめ》き狂い、時あって泣き狂うもの、
わが魂の君らが地獄へまで追いかけ行きしもの、
あわれむべき妹たちよ、哀れわれ、君らを愛し、痛むなり
君らの苦悩に果てしなく、君らの渇《かわき》に癒《い》ゆる日なく、また
ひろやかなる心中の愛の瓶《もたい》のあふるるとわれ知りたれば。

一一二　仲のいい姉妹

「放蕩《ほうとう》」と「死」、可憐《かれん》な二少女、
接吻《せっぷん》は惜しまず撒《ま》くし、健康には溢《あふ》れているし、
永久に処女なる胎《はら》を襤褸《ぼろ》に包み、
日に夜をついで精出《せい》すが、絶対に子は作らない。

家庭の仇敵《きゅうてき》、地獄の寵児《ちょうじ》、

貧乏公家《くげ》の詩人奴《め》に、
墓と妓楼《ぎろう》は、あかしでの葉蔭《はかげ》にあって
悔い知らぬベッドを指示《ゆびさ》す。

冒瀆《ぼうとく》で一ぱいな棺桶《かんおけ》と閨《ねや》は、
仲のいい姉妹のように、代る代る、僕らに与える、
怖《おそ》るべき快感と堪え難い優しさ。

何時《いつ》僕を葬《ほうむ》る心算《つもり》か、多情な腕《かいな》持つ「放蕩」よ？
おお「死」よ、劣らぬ婀娜《あだ》の競争者よ、
何時、姉が嬲《なぶ》った桃金嬢《ミルト》の枝に、そなた黒い糸杉を接木《つぎき》するか？

一三　血の泉

時ありて思ほゆる哉《かな》、わが血、波打ち流るると、

リズムある、すすり泣きとなり、噴き上ぐる、泉さながらに。
長きささやきを伴いて、血の流るるときこゆれど、
傷口見いでんと、さぐる手の空《むな》しきよ。

決闘の場の如《ごと》く、市《まち》一つ血《あけ》に染め、
鋪石を島と変え、血の流るるよ、
各人の渇《かわ》きをいやし、
到《いた》る処《ところ》の風景を赤々と彩《いろど》りて。

幾そたび、おのれ求めし、わが身蝕《むし》ばむ、
この恐怖、せめて一日《ひとひ》の忘却を、酒の力に。
酒は、ただなしぬ、眼《め》をより明《めい》に、耳、聡《そう》に！

忘却の眠りを、恋に求めしが、
われにとり、恋ついに、過ぎざりけりな、
酷薄のかの娼婦《しょうふ》らを慰むる、針のしとねに！

一一四　寓《ぐう》意《い》

美しく飽満なそれは一人の女です、
彼女、手にした酒杯《さかずき》に髪《かみのけ》を浸《ひた》して平気。
愛情の毒爪も、悪所の病毒も、
彼女の肌《はだ》の花崗岩《みかげいし》めく硬さには、鈍ってしぶる。
彼女、「死」を嗤《わら》い、「放蕩《ほうとう》」を軽蔑《けいべつ》する、
怪我《けが》をさせたり殺したりせずには置かないこれら二つの怪物も、
その逞《たくま》しい破壊行の途上、さすがこのでんとした落着見せた
肉体の威厳には遂《つい》に一指も触れ兼ねた。
歩む姿は女神、憩《いこ》う姿は土耳古《シユルターヌ》の王妃。
楽しむ時は回教の掟《おきて》を守る頼《たの》もしさ、
乳房を抱《かか》えるようにして拡《ひろ》げた両腕の中へと
眼《め》くばせで全人類を招き寄せる。

石胎《うまずめ》ながら、世界の運行になくてならないこの処女は
肉体の美しさこそ、無上の天与の賜《たまもの》だと、
これさえあれば、どのような悪業《あくごう》も赦《ゆる》され得ると、
信じも、承知もしています。
「地獄」も「煉獄《れんごく》」も彼女は気にもとめません
いざ闇黒《あんこく》な「黄泉《よみじ》」への時となっても、
新生の嬰児《えいじ》のように、「死」の顔を見守るはずです、――憎しみも恨みもなしに。

一一五　ベアトリス

焼跡の、草もない、灰まみれの土地を、
ある日、自然に向って、心中の悩みを訴え、
あてもなく徘徊《はいかい》しながら、
心を砥石《といし》に悠々《ゆうゆう》と想念の匕首《あいくち》を研いでいた折りも折り、
この真昼間、僕は気付いた、頭上はるかに下りて来る

嵐《あらし》の雲の気味わるい大袈裟《おおげさ》な一片が、
意地悪げで物好きな侏儒《こびと》みたいな
忌《いま》わしい悪魔《デモン》の一群を、載せているのに。
此奴《こいつ》らが、冷然と瞳《ひとみ》を据《す》えて、行路の人達が感心しながら
狂人を眺《なが》めるように、僕を見守り初めた、
色々と合図をしたり、目くばせを交わしたりして、
笑い合ったり、ささやいたりするのが僕に聞えたものだ。

――《ゆっくり眺めてやろうじゃないか、この漫画《カリカチユール》を、
目つき上《うわ》ずり、長髪を風に嬲《なぶ》らせ、いい気になってる
ハムレット気取のこの幽霊野郎を。
このへなちょこ野郎、ごろつき奴《め》、あぶれた道化師、
唐変木奴《め》、小器用に、どうやら自分の持役が
やれるというのでいい気になって、うぬが苦悩《なやみ》を歌い上げ、
鷲《わし》や蟋蟀《こおろぎ》、小川や花にもよろこばれ、
揚句のはては、そうした陳腐な外題《げだい》なら、

こっちが作者のわしらにまで、お座成りの長広舌を振おうとは、
何とも可哀想《かわいそう》な奴《やつ》！》

もとより僕は悠々然と、高貴な自分の顔容《かんばせ》を反《そむ》けることも出来たはず、
(何しろ僕の高慢は山より高く、あの黒雲も
悪魔《デモン》の叫びも、眼下に置いていたっけが)
事もあろうに、猥雑《わいざつ》なあの一群に加わって、
——さてさて、こんな大罪に太陽がたじたじとさえしないとは！——
明眸《めいぼう》無比な絶世の美人、僕の心の女王様ともある女《ひと》が、
奴らに交《まじ》り、僕のみじめな敗北を嗤《わら》ったり、
あまつさえ、不浄な愛撫《あいぶ》を捧《ささ》げたりしていると気づかなんだら。

一一六　シテールへのある旅

僕の心は、小鳥のように、陽気に羽搏《はばた》き

帆綱の周囲《まわり》を気ままに翔《と》び廻《まわ》った。
船は雲のない空の下を進みつづけた、
眩《まばゆ》いほどの太陽に酔い痴《し》れた天使みたいに。

あの愁《うれわ》しげな暗い島、あの島の名は？——聞いてびっくり、
あれがシテール、世にも名高い歌枕《うたまくら》、
年老いた独身者が一様に憧憬《あこがれ》寄せる黄金郷《エルドラド》。
だが然《しか》し、打ち見たところ、つまらない土地でしかない。

——甘やかな秘密と心の饗宴《うたげ》の、かつての島よ！
昔なつかしいヴィナスの華やかな幽霊が
そなたの周囲の海上に香気のように漂って
人の心を恋情とやるせなさとで重くした。

緑の桃金嬢《ミルト》、紅《くれない》の花に埋れた、
諸国の民が一様に崇《あが》めた、美しいかつての島よ、

慕い集まる人達の心から出る吐息までが
薔薇《ばら》の園吹く風ほどに香気に満ち、

妻恋いわたる山鳩《やまばと》の長啼《ながな》きほどに身にしみた！
——それなのに、目《ま》のあたり見るシテールは、荒蕪《こうぶ》の地、
鋭い叫びに乱される砂礫《されき》の沙漠《さばく》
あまつさえ、異様なものを僕は見つけた！

人知れぬ恋情に身を焦《こが》す若尼僧《わかにそう》、
草花愛《め》でて、
吹く微風《そよかぜ》に裾前《すそまえ》乱し
立ち給《たま》う、森かげのみ寺なぞとは似もやらず、

船の白帆に驚いて群がる鳥の騒ぐほど
渚辺《なぎさへ》近く進み行き、
つくづく見れば、こは如何《いか》に、三本腕の絞首台《こうしゅだい》、

空に黒々、糸杉の姿に、浮び上った。

何よりの餌食《えじき》とばかり猛禽《もうきん》ら、
熟《うれ》具合ころ合いな絞死者《とがにん》の屍《なきがら》を一心に啄《ついば》み荒し
各自《てんで》に汚れた嘴《くちばし》を、ナイフのように振り立てて
糜《あざ》れ熟《う》むこの肉体の、血みどろの隅々《すみずみ》を、つつきほじった。

眼《まなこ》は二つの穴だった、綻《ほころ》びた腹からは、
太股《ふともも》のあたりまで重たげな臓腑《はらわた》が流れ出してた。
ひと通りこの忌《いま》わしい歓楽に飽いてしまうと、刑吏ども、
嘴《くちばし》で小突きまわして、死体から、睾丸《きんたま》を抜いてしまった。

ぶら下る足の下には、勇み立つ四足獣《よつあし》どもが群れ集い、
鼻面《はなづら》上げてうごめかし、どうどう廻《めぐ》りを続けていた。
特別大きな一頭は、中央《まんなか》に陣取って
配下の者を従えた刑場《しおきば》の差配と見えた。

おお、シテールの島人よ、真澄《ますみ》の空《そら》の申し子よ、
恋愛至上の罪深い邪教を信じた贖罪《あがない》に
建墓《はかづくり》さえ禁じられ
このような 辱《はずかしめ》 さえ黙々とそなたは忍びつづけてる。

姿おかしい絞死者《とがにん》よ、そなたの痛みはそのまんま僕の痛みだ！
だらりと下《さが》ったそなたの手足をひと目見て、僕は感じた、
昔の痛みの胆汁が大河ほどにこみあげて、
嘔吐《へど》みたように、口中に溢《あふ》れ出るのを。

貴重な思いの数秘めた哀れな奴《やっ》め、
貴様を前に、僕は感じた、その昔、僕の生身《なまみ》を
食い荒し突《つつ》きほじった、黒豹《くろひょう》どものあの顎《あぎと》、
鴉《からす》ども奴《め》の鋭い嘴《はし》を。

――空はくっきり晴れていた、海は静かに凪《な》いでいた、
それなのに、この時以来、一切は僕には黒く血まみれになってしまった、
悲しくも、僕の心は、厚地の死布《しふ》に包まれでもしたかのように、
この忌《いま》わしい寓喩《ぐうゆ》の中に埋りはてた！

おお、ヴィナスよ、そなたの島に僕が見た唯一《ゆいいつ》のものは
自分の姿の吊《つ》るされた象徴の絞首台、あれだけだった……。
――ああ！ 主《しゅ》よ！ 願わくは、授け給え、
わが心と肉体とを嫌悪《けんお》の情に駆られずに眺《なが》め得る力と勇気を！

一一七 愛の神と髑髏《どくろ》

古き世の「章末飾絵」に題す

愛の神、腰かけたるよ、
「人類」の髑髏の上に、

冒瀆《ぼうとく》の、こ奴《やつ》は笑う、
　恥もなく、これな玉座に、

楽しげに、吹くシャボン玉、
　舞いあがり、
空の奥、
　別世界まで、届かんず。

照り栄ゆる脆《もろ》きその玉、
　気負い立ち、舞い上り、
破《わ》れて、砕けて、哀れなる魂吐《たましいは》くよ、
　金《きん》の夢かと。

吹く玉の、一つ一つに、
　髑髏の声の、嘆願す、
《この、むごき、この、愚かしき、

遊技《あそび》はも、何時《いつ》の日はつる?
殺人の悪鬼よ、
無惨なるおん身が口の
中ぞらに、吹き散《さん》ずるは、
わが脳漿《のうしょう》よ、血よ、肉よ!》

叛《はん》逆《ぎやく》

一一八　聖ペテロの否認*

神は一体、どうする心算《つもり》でいられるのやら、愛しておいでの熾天使《してんし》目がけて、
日に夜をついで下界から昇って来るあの呪詛《のろい》の大波を？
口腹の欲に飽いた暴君もさながら、
神は平然と僕ら人間の忌《いま》わしい冒瀆《ぼうとく》の叫びを聞き流して眠っておいでだ。

殉教者や死刑囚などが立てるすすり泣きなんぞ
どうやら楽しい交響楽《シンフォニー》というところらしい、

なぜかというに今もって、この楽しみの代償として流される
血液のことなんか平気の平左で、天は今もって求め続けるのだから！

——ああ！　キリストよ、思い出すがよい、あの橄欖《かんらん》の園の事件を！
お人よしのそなたは、跪《ひざまず》いて祈りを捧《ささ》げたものだ、
そなたの生身《なまみ》に忌わしい刑者らが打ち込む釘《くぎ》の音を聞いても
悠然《ゆうぜん》と自分の天で笑い続けたそ奴《やつ》めに。

素性卑《すじょういや》しい番卒や司厨夫《しちゅうふ》どもが
そなたの神聖な肌《はだ》に唾《つば》吐きかけると気付いた時、
夥《おびただ》しい「人類愛」を宿したそなたの頭蓋《ずがい》に
冠《かんむり》の茨《いばら》のとげの食い入ると気の付いた時、

くずおれたそなたの五体のむごたらしい重みに堪えかねて、
延び切ったそなたの両腕をいやが上にも引き延ばし、
蒼《あお》ざめたそなたの額から血と汗が吹き出るように流れた時、

的のように衆愚の前にそなたの五体が曝《さ》らされた時、
そなたは果して思い出したか、あの輝かしい過ぎた日を、
あの永遠の約束を果そうと生れて来て、
優しい驢《ろ》馬《ば》に跨《また》がって、花と青葉を敷きつめた
大道を蹄《ひづめ》も軽く蹴《け》らせた日を、

心、希望と勇気にあふれ、力の限り
賤《いやし》い商賈《しょうこ》らに鞭《むち》をあてた日を、
やがて世界の主《あるじ》となった日を？　十字架に磔《か》けられた時
槍《やり》より先に悔恨がそなたの脇腹《わきばら》を貫きはしなかったか？

——行為と夢想の釣《つ》り合わぬこんなやくざな世の中から
僕なら惜しげなく立退《たちの》くよ、剣《つるぎ》をとった科《とが》により、
剣によって亡《ほろ》びても文句はないよ！
ペテロはイエスを否認した……よくぞやったぞ！

一九 アベルとカイン*

1

アベルの族よ、眠れ、飲め且《か》つ、食え、
神、にこやかに、そなたを見給《みたま》う。

カインの族よ、泥《どろ》の中這《は》いまわり
さては惨《みじ》めに死んで行け。

アベルの族よ、そなたの供物《くもつ》は、
熾天使様《してんし》のお気に召す!

カインの族よ、そなたの辛《つら》さに

何時《いつ》かは果があるだろうか？

アベルの族よ、そなたの畑と
家畜の栄えを見るがよい、

カインの族よ、そなたの五臓が吠《ほ》え立てる、
飢えた老《おい》ぼれ犬ほどに、

アベルの族よ、腹あぶりでもするがよい
旦那《だんな》めかした炉のそばで、

カインの族よ、洞窟《どうくつ》の奥で
寒さに顫《ふる》えているがよい、可哀相《かわいそう》な金狼《きんろう》よ！

アベルの族よ、愛せよ、殖えよ、
そなたの金《かね》も子を生むぞ。

カインの族よ、烈火の心よ、
空《そら》おそろしい大望に用心なさい。

アベルの族よ、そなたは殖える、食いあらす、
木虱《きじらみ》そっくり！

カインの族よ、泣きわめく妻子ひき連れ
路頭に迷え。

2

おお！ アベルの族よ、そなたは腐肉となってまで
湯気立つ大地を肥《こや》すはず！

カインの族よ、そなたの労苦は
まだ尽きぬ、

アベルの族よ、剣が槍《やり》に敗れたぞ、
そなたのこれが恥だった！

カインの族よ、天へと昇れ、
さて地へと神を抛《な》げうて！

一二〇　悪魔への連禱《れんとう》

おお、そなた、天使の中で、智《ち》と美との並びないもの、
運命に裏切られ賞賛を失った神、

おお、悪魔よ、僕の久しい不運を憐《あわ》れめ！

おお、流離の王者よ、傷《いた》められても、敗れても、

常に必ずより強く起き直るもの、
おお、悪魔よ、僕の久しい不運を憐れめ！

一切を知るそなた、地下の大王、
人間苦悩をさりげなく治《なお》す者、
おお、悪魔よ、僕の久しい不運を憐れめ！

呪《のろ》われた癩者、非人《パリア》の末にまで、
恋により「天国」の味わいを教えるそなた、
おお、悪魔よ、僕の久しい不運を憐れめ！

逞《たくま》しい老いた情婦の「死」の胎《はら》に、
可憐《かれん》な狂女——「希望」を孕《はら》ませたそなた！

おお、悪魔よ、僕の久しい不運を憐れめ！

物見高く断頭台を取り巻いた大衆を見くびるような
落着いて高ぶったあの目《ま》なざしを死刑囚に与えるそなた、

おお、悪魔よ、僕の久しい不運を憐れめ！

野望の土地のどの隅《すみ》に、そねむ神めが、
宝石を隠したか、知るそなた、

おお、悪魔よ、僕の久しい不運を憐れめ！

埋って金銀の眠っている地の底の宝の倉を、
炯《さと》い目に見抜いたそなた、

おお、悪魔よ、僕の久しい不運を憐れめ！

軒添えにさまよい歩く夢遊病者に、
巨手で断崖《だんがい》を隠してやるそなた、

おお、悪魔よ、僕の久しい不運を憐れめ！

逃げおくれ、馬蹄《ばてい》にかかる酔漢の老骨に、
見事にも、弾力を付与するそなた、

おお、悪魔よ、僕の久しい不運を憐れめ！

病苦に悩む人間を慰めようと、硝石と硫黄を混ぜて、
火薬の処方を教えるそなた、

おお、悪魔よ、僕の久しい不運を憐れめ！

心卑《いや》しく冷酷な分限者の面上に、堕地獄の烙印《らくいん》を捺《お》す
機敏な共犯者のそなた、

おお、悪魔よ、僕の久しい不運を憐れめ！

乙女らの心の中に、眼《め》の中に、悲しみの崇拝を、
貧しさの愛情を植えつけるそなた、

おお、悪魔よ、僕の久しい不運を憐れめ！

流刑囚《るけいしゅう》の杖《つえ》、発明家のランプ、
死刑囚の、売国奴の懺悔聴聞僧《ざんげちょうもんそう》、

おお、悪魔よ、僕の久しい不運を憐れめ！

父なる神の怒りにふれてこの地上なる楽園から
追放された者みなの養父、
おお、悪魔よ、僕の久しい不運を憐れめ！

祈り

悪魔よ、そなたに、光栄と賞賛とあれ、
かつてそなたが君臨した、「天」の高きにある時も、
「地獄」の底に落ち込んで、敗れ果て、黙然と夢追う時も！
とにかくに、僕の心が何時の日か、「智慧《ちえ》の木」の下、
そなたの身近に安らうようにしてくれろ、その枝葉
新しい世の「寺院」のようなそなたの額に茂る頃《ころ》！

死

一二一　愛し合う男女の死

深きこと墓穴《はかあな》に似る長椅子《ながいす》と、
ほのかなる香たきこめししとねをば、われらの持たん、
奇《く》しき花、卓上に、かおるべし、
われらがために、美しき異国《よそぐに》の空の咲かせし。

今生《こんじょう》の最終《いまわ》に残る情熱を思うがままにたぎらせて、
われら二人の心臓の、大いなる二つの炬火《たいまつ》と燃えさからん、

二重の炎てり映《は》えん、
この両面の真澄鏡《ますかがみ》、われらが心に。

ばら色と神秘めく青の織りなす、その夕、
われら交わさん、絶対無二の快感を、
そは長きすすりなき、惜しき別れと似たらんか。

時すぎてのち、天使来て、扉《とびら》をひらき、
楽しげに、またまめやかに、
曇り果て、消え果てし、鏡と炬火《ほのお》、生きかえらせん。

一二三　貧しい人たちの死

「死」が慰めてくれるのです、生かしてさえもくれるのです！
これが人生の目標、そしてこれが、霊薬の役割をして

僕らを酔わせ、元気づけ、とっぷり日の暮れるまで
歩き続ける勇気を与える唯一《ゆいいつ》の希望です。

嵐《あらし》や雪や霜柱を乗り越えた、はるか彼方《かなた》の
暗い僕らの地平線の上にわななくこれが光明です！
ものの本にも記された高名な旅籠屋《はたごや》です、ここでなら、
ゆっくり、食事も、安眠も、休息も、出来るというもの。

それは一人の天使です、法力ある手の中に、睡眠と
気の遠くなりそうな甘い夢をもたらして、
貧しく無一物の人達のベッドをしつらえてくれます。

それは神々の栄光です、それはお宗旨の穀倉です、
それは貧者の財源そして彼の昔なつかしい祖国です、
それは未知の天国へとつづく渡り廊下です！

一二三 芸術家の死

不出来なカリカチュールよ、何度僕は、狂おしい感興の
鈴を振り立てながら、そなたの下卑《げび》た額に接吻《せっぷん》したらよいのか？
神秘な性質のあの金的を射貫《いぬ》くまでに、僕の箙《えびら》よ、
何度僕は、無駄箭《むだや》を放さなければならないのか？

微妙な予謀に僕らは心神をすりへらし
折角慎重に組立てた骨組も幾度となく打砕いてしまうだろう、
思うだけでも、その悲願のゆえに、すすり泣きがこみあげるほどの
あの「大作」の成るのを見る日を待ちながら。

一生かかっても彼らの「理想の像」を成就《じょうじゅ》出来ない芸術家もある、
これら呪《のろ》われた、落伍《らくご》した彫塑家《ちょうそか》達は

われとわが胸や額をむしって口惜《くや》しがるが、
彼らにもまだ一つだけ希望は残った、（これは風変りで悲しい芸の奥義《おうぎ》だが！）
「死」がやって来て、新しい太陽のように天に昇って
彼らの頭の中の花々を咲かせてくれるかも知れないという希望！

一二四　一日の終り

恥知らずで騒々しい「人生」という奴《やつ》は、
陰気な照明の下を、走ったり、踊ったり、
理由《わけ》もないのにもがいたりしている。
だからまた、地平線に、

楽しい夜が姿を見せ、
一切を、飢《うえ》までも、宥《なだ》めすかして、

一切を、恥《はじ》までも、打ち消し去ると、
早速に、「詩人」が呟《つぶや》く、《やれやれ！
僕の心も、大骨《おおほね》も
休息したい気持で一杯、
胸はさびしさで一杯ながら、
ひと先《ま》ず仰向《あおむ》けに寝ころぼう、
おお、気持のいい闇《やみ》よ、
そなたの帳《とばり》にくるまって！》

一二五　ある物好き男の夢

F・N・に*

君は知るか、僕のように、あの甘美な苦痛を、
そして君に就いて言わせるか、《あいつ変った男だ！》と。
——僕は死にかけていた。恋する僕の心の中で、
それは、情欲と怖《おそ》れとの混り合った、特別な苦痛だった。

懊悩《おうのう》と激しい希望とでも言おうか、反抗心はまるでないのだ
命取りの砂時計が虚《うつろ》になるに従って、
僕の苦痛はいよいよ非道《ひど》く、いよいよ甘美になって来た、
心はすっかり住みなれた浮世を諦《あきら》め果てていた。

僕は、一刻も早く見世物を見ようとあがく少年と似ていた、

幕が邪魔になって仕方がなかった……
とうとう冷酷な真実が姿を見せた、
つまり、僕は死んでいた、驚きもなしに、怖しい夜明の光が
僕をつつんでいた。——何だ！　これしきのことが？
幕はもう揚っていたのに、僕はまだ待っていたわけだ。

一二六　旅

*マクシム・デュ・カンに

1

地図や絵草紙に憧憬《あこが》れる少年の心にとって、
世界は彼の広やかな野望と変らない。
ああ！　ランプの光の下《もと》ではなんと世界が大きいことだ！
思い出の目から見ると、なんと世界が小さいことだ！

ひと日僕らは出発する、炎を頭に一杯詰め
心残りと満たされぬ欲望に後髪《うしろがみ》引かれる思いで、
波のうねりのうねうねと
限りない胸の思いを、限りある海に揺らせて。

ある者は醜悪な祖国をのがれ、
他の者は憎むべき揺籃《ようらん》の土地からのがれ、またある者は、
女の眼《め》の中で溺死《できし》した星占い*のように、
命取りの体臭を持つ暴君的なシルセ*からのがれ去るのだ。

動物に変えられたのでは大変と、彼らは誰も、
つとめて、空間に、光線に、燃える空に心酔する。
氷が彼らを嚙《か》み、太陽が彼らを焦《こが》し、
次第に接吻《せっぷん》の痕跡《あと》を彼らの肌《はだ》から消して行く。

だが本当の旅行者は、ただただ旅行がしたくって
旅行に出かける人達だ、風船の軽い気持で。
どの道のがれ難い運命だと諦《あきら》めて、
わけも知らずに、彼らは叫ぶ、《さあ、出かけよう！》

この人達の念願は、雲の形《かたち》をしているそうだ
そして彼らは夢みるのだ、新兵が大砲を夢みるように、
未知数の、変化の多い、人間がいまだ一度も、
その名を耳にしなかったおおまかな逸楽を！

2

南無三宝《こいっしまった》！　よろめく独楽《こま》を、跳びはねる鞠《まり》を、
僕らは真似《まね》ているわけだ。眠っていても
「好奇心」は僕らを苦しめ、追い廻《まわ》す、
まるで太陽に鞭《むち》を当てる酷《むご》い天使だ。

何たる奇運だ、目標が移動するとは、
つまり、何処《どこ》にもないので、何処でもかまわないとは！
その希望、疲れを知らない「人間」が、
安息を探し当てようと狂人のように駆け廻《めぐ》るとは！

僕らの魂は、理想郷《イカリー》を探し廻る大船だ、
甲板に声が聞える、《しっかり見張れ！》
狂おしい熱気を帯びた檣楼《しょうろう》の声がわめいた、
《恋だ……名誉だ……幸運だ！》ところが、それは暗礁《あんしょう》だ！

見張りの水夫が呼び上げるどの島も
「運命」が約束していた黄金郷《エルドラド》、
大祝宴を幻に見た「空想」が
夜明けの光に見出《みいで》たのは、ただの暗礁。

有耶無耶《うやむや》郷にあこがれる哀れな男よ！

アメリカ発見もやりかねない、この酔っぱらいの水夫奴《め》、
幻視のおかげで大海を一層苦汁《にが》いものにした、
鎖で縛って海中へおっ放《ぽ》り込んだらどうだろう？

これと同じくあの老残の浮浪者も、泥濘《ぬかるみ》をうろつきながら、
頤《あご》突き出して輝かしい天国の夢を見ている。
陋屋《ろうおく》に蠟燭《ろうそく》がともっていさえしたら、
ものに憑《つ》かれた彼の眼は、極楽郷《カピュー》を見つけた心算《つもり》でいる。

3

驚嘆すべき旅行者よ！　海のように深みのある君の眼中に
なんと僕らが高貴な物語を読みとることか！
華麗な君の思い出の宝石函《ほうせきばこ》の中にある
星とエーテルで作られたその珍宝を見せてくれ。

蒸気も帆も用いずに僕らは旅行がしたいのだ！

僕らの日常の牢獄《ろうごく》を陽気にするために、どうか
画布《カンヴァス》のように緊張した僕らの心の上に、
ひろやかな地平線の額ぶちを添えた君の思い出を招いてくれ。

聞かせてくれ、君は何を見て来たか？

4

《僕らは見て来た、星々を、
波また波を。僕らは見て来たまた砂を、
衝突や思いがけない災難もあるにはあったが、
度々、僕らは退屈もした、ここで暮すも変りなく。

紫の海に輝く太陽の栄光は、
夕日をあびた都市《まちまち》の栄光は、
僕らの心中に不安な情熱の灯《ひ》を点《とも》し
甘やかな残照のみなぎる空に吸い込まれたい思いに駆った。

どんな豊麗な都市、どんな雄大な風景にも、
偶然が雲を素材に作り出す
あの奥深い趣きはかつてなかった。
かてて加えて情欲が絶えず僕らを悩ました！

——享楽《きょうらく》は情欲をいやが上にも募らせる。
情欲よ、快感を肥料にそだつ老木よ、
そなたの樹皮が厚くなり硬くなり行くに従って
そなたの枝はより近く太陽を見ようとあせる！

墓地の糸杉よりは根強い大樹、情欲よ、いつまでも
そなたは育つか？ ——とにかく僕らは持って来た、
欲張りの君らのアルバムに貼《は》るために、わざわざ作ったスケッチを、
遠方から来たものならなんでも美しいと見る兄弟よ！

僕らは象の鼻をした偶像を拝んで来た、
眩《まばゆ》いほどの宝石を鏤《ちりば》めた玉座も見た、
善美をつくした宮閣の夢幻に通う壮麗は
君らの銀行家が見たら、破産の種《たね》だというだろう。

見る眼を酔わせる美服も見た。
歯と爪《つめ》に彩《いろど》った美人もあった、
蛇《へび》が愛撫《あいぶ》をしつづける手品の上手も見て来たよ》

5

それから、次には、何を見た？

6

《おお、子供っぽい奴原《やっぱら》よ！

一番大事な事がらだ、忘れぬ先に言っとこう、

見たくもないのに、これだけは、何処へ行っても見せつけられた、
上から下までべた一面、宿命の梯子《はしご》にぴったりまつわり着いた
人間どもの不滅の罪の、退屈至極なあの見世物、

どこへ行っても女という奴、高慢で愚鈍で、心の卑《いや》しい奴隷《どれい》のくせに、
正気で自分を崇《あが》めたり、厭気《いやけ》もささずに自分を愛したりしてる。
どこへ行っても男という奴、貪婪《どんらん》で、好色で、残忍で強欲な暴君だ、
奴隷の奴隷、下水の中のどぶ泥《どろ》だ。

面白がってる断罪人、すすり泣く殉教者、
流血が味と香気を添える祝祭、
専制者の悩みの種《たね》の権勢の毒、
自分を痴呆化《ちほうか》してくれる笞《しもと》を慕う愚民ども。

どれも天国目あてに昇る、僕らのそれと似たような、
宗教が色々あった。洒落者《しゃれもの》が羽根蒲団《はねぶとん》の中で暢々《のうのう》とねそべるように

針のしとねで逸楽を求めもだえる教祖もいた。

口数多い「人類」は、自分の才に自惚《うぬぼ》れて、
今も昔も変らない狂気沙汰《ざた》から、
苦しまぎれに毒づいた、神に向って、
〈わが同類よ、先生よ、君を呪《のろ》う！〉と。

多少とも賢い奴らは、勇敢に狂乱を恋いわたり、
「運命」が閉じ込めた獣群の埒《らち》をのがれて、
あらたかな阿片《あへん》の中に逃避した！
――以上これが、全地球残る隈《くま》なく調査した永遠の報告書だよ》

7

旅して人の身につける知識は苦い！
単調で小さな世界は、今日も昨日《きのう》も明日《あす》もまた、
僕ら自身の絵姿を見せるに過ぎず

要するに倦怠《けんたい》の沙漠《さばく》の中の恐怖のオアシス以外でない！
行くのがよいのか？　留《とど》るのがよいのか？　留り得るなら、留るがよい、
仕方がないなら行くがよい。ある者は走りある者は蹲《しゃが》むが
見張ゆるめぬ忌《いま》わしい敵、「時」を欺《あざむ》くためなのだ！
中には、哀れ！　絶え間なく走りつづける者もある、
「さまよえるユダヤ人」また殉教の使徒に似て。
彼らには、汽車も汽船も役立たぬ
忌わしい「時」の網目を遁《のが》れるに。また中に、
生れた土地を離れずに、「時」を殺せる者もある。
最後に「時」が追いついて、僕らの首根っこを踏《ふま》えても
僕らは希望を捨てないで、言い続けよう、《前へ！　前へ！》と
その昔、シナへ行こうと旅立ったあの日のように、
沖合い遠く目は凝《こら》し、風に髪《かみのけ》なぶらせて、

いざ僕ら、船出をしよう、「死」の海へ、
若い旅人さながらに心はなやぎ。
君らの耳にも聞えるはず、甘くさびしいあの歌が、
《いざ、来ませ！　馨《かおり》も高い霊果《ロチユス》の実、

食《とう》べん願い持つ君ら！　君らの心の憧憬《あこがれ》の
奇跡の果実《このみ》の実るは此処《ここ》。
君ら来て酔い給《たま》え、終りのないこの午後の
不可思議な甘美《かんみ》さに！》

耳慣れた声の調子で、幽霊の正体が僕らに知れる、
見給え、友のピラド*らが彼方《むこう》から手をさしのべる。
《エレクトル*、君待つ方へ泳ぎつき、爽《さっぱ》りなさい！》
こういうは、昔の君の恋人だ。

8

おお、「死」よ、老船長よ、時は来た！ 錨《いかり》をあげよう！
僕らは退屈だ、この土地で、おお「死」よ！ 船出をしよう！
空と海、よしたとえ、インクのように黒くとも、
そなたが篤《とく》と知っている僕らの心は光明で一杯だ！

おお、「死」よ！ そなたの毒を注ぎかけ、僕らに元気をつけてくれ！
この情炎のはげしさに、かり立てられて、
僕らは願う者なのだ、死の海の深間めがけて飛び込んで、
「地獄」も「天国」もかまわずに「未知」の底から新しさ探し出そうと！

『漂着詩篇』〔一八六六年〕

一　浪曼派《ろうまん》の落日

お早うの挨拶《あいさつ》を火を噴くように僕らに投げて
潑剌《はつらつ》と昇る時、太陽は実に見事だ！
——だが然《しか》し、夢よりも華麗《はなやか》な栄光に満ちて沈み行く落日に
愛情こめて敬礼出来る者は幸せだ！

思い出すね！……僕は見たので知っているが、花も泉も畦道《あぜみち》も、
朝日の前に胸迫り恍惚《うっとり》としていたものだ……。
——地平目がけて駆り出そう。もう遅い、急いで駆けよう、
傾きかけた日脚でも、せめて摑《つか》もう！

お退《ひ》けの神様、追うてはみたが、無駄《むだ》だった。
さからい難い「夜」が来て、暗く、しめって、けがらわしく、
怖《おそ》れに満ちた帝国を、はやも打立て終ってた。

墓地の匂《にお》いが闇《やみ》に流れて、
僕の怯《おび》えた爪先《つまさき》は、沼べりに、
意外な蟇《がま》を、冷たい蛞蝓《なめくじ》を踏みつぶす。

『悪の華』(初版)より削除された禁断詩篇

二　レ*スボス

ラテン風の秘戯とギリシャ風の享楽《きょうらく》の母、
レスボスよ、太陽のように熱烈で、西瓜《すいか》のように新鮮な
気懶《けだる》い接吻《せっぷん》や、愉《たの》しい接吻が
光栄の日と夜を彩《いろど》る島よ、
ラテン風の秘戯とギリシャ風の享楽の母、

レスボスよ、接吻が滝のようにたぎり立ち、

怖《おそ》れも知らずに、ひたむきに、底無しの淵《ふち》の深間に落込んで、
とぎれとぎれに、泣き、わめき、
あらくれたり、ひっそりしたり、騒ぎ立てたり、しんみりしたり、
接吻が滝のようにたぎり立つ、レスボスの島！

*
絶世の美女がお互に愛し合うレスボスの島、
恋の溜息《ためいき》に必ず谺《こだま》が答えた島、
天の星までがパフォス*と並べて崇《あが》めた島、
同性愛のサフォー*奴《め》をヴィナスが妬《ねた》むも無理はない！
絶世の美女がお互に愛し合うレスボスの島、

レスボスよ、暑くものうい夜の世界よ、
眼《め》のふちの黒い乙女ら、鏡の前に、
仇花《あだばな》のわれとわが肉体恋うて、
妙齢の熟《う》れた果実を愛撫《あいぶ》する、
レスボスよ、暑くものうい夜の世界よ、

道学先生プラトンのしかめ面《づら》なぞ気にするな、
楽土の女王、愛すべき高貴な国よ、
接吻の過剰の故《ゆえ》に、汲《く》んでも尽きない風雅の故に、
そなたの罪は赦《ゆる》される。
道学先生プラトンのしかめ面なぞ気にするな。

果しなく悩みつづける苦悩の故に、そなたの罪は赦される、
別の世界の空遠くかすかながらにかい間《ま》みた
その楽しげな微笑《ほほえみ》に誘われる
悲願の心に絶えまなく課せられる
果しなく悩みつづける苦悩の故に、そなたの罪は赦される！

レスボスよ、どの神が、敢《あ》えてそなたを裁き得て、
たわむれごとに蒼《あお》ざめたそなたの額を罰しよう、
そなたの小川が海へと流す涙の水の

洪水《こうずい》を、金の秤《はかり》で量った上でなかったら？
レスボスよ、どの神が、敢えてそなたを裁き得よう？

正義の法も、邪の法も、なんの僕らに役立とう？
やさしい心の処女達よ、この島の誇りの者よ、
君達の宗教とても、他の宗教と同じほど尊厳なはずだから、
また恋愛をする者は、「地獄」にも「天国」にも動じはしないはずだから！
正義の法も、邪の法も、なんの僕らに役立とう？

地の上に、人もあろうにレスボスは、僕を選んだものだった、
島乙女、花の乙女の秘密をば歌わせるため、
おかげで僕は許されて、年少の早い頃《ころ》から、暗い涙と綯《な》えまぜた
放縦な笑いの声の黒い秘密を知っていた、
地の上に、人もあろうにレスボスは、僕を選んだものだった。

それ以来、ルカート*の岬角《こうかく》に、立って見張をつづける僕だ、

炯眼《けいがん》の哨兵《しょうへい》が、日に夜をついで、
遥《はるか》な沖に船影のわななくを
見のがすまいと見張する、あれそのままに、
それ以来、ルカートの岬角に、立って見張をつづける僕だ

海が果して寛容で親切だかを知るがため、
岩にどよもし泣く波の、ある夕、
サフォーが尊い遺骸《なきがら》を、すべてを赦すレスボスへ
打ち上げることはないかと知るがため、彼女は行ったのであった、
海が果して寛容で親切だかを知るがため！

凜々《りり》しいサフォー、恋人にして詩人のサフォー、
その地味な蒼白さゆえヴィナスより美しかったサフォー！
――ヴィナスの碧《あお》い瞳《ひとみ》さえ、苦悩が残した暈《かさ》見せる
黒い瞳に及ばなかった、
凜々しいサフォー、恋人にして詩人サフォーの！

——世界を統《すべ》て君臨するヴィナスより美しく
その清麗の魂の宝玉を
その金髪の青春の明るさを
わが娘に見惚《みと》れる年老いた海へと投げた
世界を統《すべ》て君臨するヴィナスより美しく！

——瀆神《とくしん》の罪の日に死んだサフォー、
儀式と出鱈目《でたらめ》の礼儀を罵《ののし》って、
その美しい肉体を、自分の背教を不遜《ふそん》にも罰した
野卑な男の無上の餌食《えじき》となして、
瀆神の罪の日に死んだサフォー。

それ以来、レスボスは、嘆きつづける。
世界をこぞる尊崇を身に受けながら、
人気《ひとけ》のない岸辺から天空へ立ちのぼる

悲嘆《ひたん》の叫びに夜毎《ごと》に酔うて！
それ以来、レスボスは、嘆きつづける！

三 呪《のろ》われた女達

デルフィーヌとイポリト

消えそうなランプの蒼白《あおじろ》い灯影《ほかげ》の下《もと》、移り香残るうずたかい小枕《クッション》の上、
夢心地、イポリトは思い出してた、
うら若い身の純潔の張幕《カーテン》を無理《むり》強《じ》いに開《ひら》かせた
あの強力な愛撫《あいぶ》のことを。

過ぎた許《ばか》りの嵐《あらし》に曇る目をみはり彼女はしきりに追いすがる
今ではすでに遠のいた無垢《むく》の自分の青空に、
その朝越えた地の果を遠くはるけくふりかえる
旅人《たびびと》の仕草さながら。

力の抜けた瞳《ひとみ》から、もの憂《う》げにこぼれる涙、
疲れた様子、自失の態《てい》、控え目な艶麗《あでやか》さ、
無駄《むだ》な武器のように投げ出した等閑《なおざり》な両の腕、
すべてこれらの一切が、かよわげなこの女《ひと》に、風情《ふぜい》を添えた。

その足許《あしもと》に横《よこ》たわり、落着いて、嬉《うれ》しげに、
デルフィーヌが、炎のような目差《まなざ》しで、対手《あいて》を包んでいる様は、
獲物に歯がたをつけた上、さて悠然《ゆうぜん》と監視する
猛獣の姿であった。

かよわい美女を前にして、跪《ひざまず》く逞《たくま》しい美女、
颯爽《さっそう》と、自分の勝利の美酒《うまざけ》に酔うかのように、
イポリトににじり寄り、
甘やかな感謝の言葉待つかに見える。

自分が出した蒼ざめたこの犠牲者の眼《め》の中に
彼女は、求める、肉の歓《よろこ》びの無言の頌歌《しょうか》と
長い溜息《ためいき》のように瞼《まぶた》が洩《も》らす
果のない無上の感謝を。

――《イポリトよ、いとしのものよ、御気分は？
咲く薔薇《ばら》の君の初花、聖《きよ》く貴い生贄《いけにえ》は、
痛《いたみ》を与える手荒な風に捧《ささ》げる要はなかったと
今にして気づきましたか？

あたくしの接吻《せっぷん》は、夕べ真澄《ますみ》の湖の
面《おもて》を掠《かす》めて舞い集う蜉蝣《かげろう》ほどに身軽です、
それなのに、そなたの情夫《アマン》の接吻は、荷車の轍《わだち》のように、
鋤《すき》の刃のようにひき裂いて、深い傷痕《きずあと》をのこしましょう、

その接吻は、そなたの上を、蹄《ひづめ》無慙《むざん》な牛馬《うしうま》の

挽《ひ》く車ほど重たく痛く通り過ぎよう……
イポリトよ、妹よ！　こちらを向いておくれ、
そなた、あたくしの、魂にして心、全部にして半身、

青空と星で一杯なそなたの瞳《ひとみ》をこちらへ向けておくれ！
香ばしい人よ、そなたの秋波《ながしめ》の一つのためになら
快楽《けらく》の秘戯の術《すべ》明《あか》し
初め終りもない夢の眠りにそなたを導こう！》

イポリトが、若やかな面《おもて》をあげて、さて、言うは、
――《後悔も恩も忘れはいたしません、
デルフィーヌよ、それなのに、苦しくて、不安です、
夜更《よふ》けの悪食《あくじき》の後のように。

重苦しい恐怖と、とりとめのない幽霊の
真黒な一団が襲いかかって、

八方血まみれな地平線に閉ざされた
揺れてぬかる道へとわたくしを連れ込もうとします。

わたくし達がしたことは、してはいけないことでしょうか？
ごぞんじでしたら、どうぞ、この不安と恐怖の理由を明《あか》して下さい、
あなたに、〈あたくしの天使よ！〉とおっしゃられると、身顫《みぶるい》が出るくせに、
そのくせ唇《くちびる》はあなたの方へと慕いよるのです。

じっと、そのように、お見詰めになっては厭《いや》、思いの人よ！
たとえおん身が仕組まれた罠《わな》であろうと、
またわたくしの堕落の第一歩であろうと
所詮《しょせん》一生愛しつづけずにはいられない人よ、心の姉よ！》

デルフィーヌ奴《め》、逆立つ髪を振り乱し、眼《まなこ》つり上げ、
夜叉《やしゃ》さながらにいきり立ち、
声あららげて、言うようは、

——《恋を前に地獄を語る愚者は誰？

解けるはずのない無駄な問題を解こうとしたり、
色事に七面倒な道義やなんか持出して
自分の馬鹿《ばか》さに気づかずに、先走り兎角《とかく》したがる
無用な夢想家は、呪《のろ》われてあれ、永久に！

影と熱、夜と昼、それほどちがう恋と道義を、
神秘な調和に結ぼうと無謀たくらむ者は、
恋という真紅に燃える太陽で
こわばる自分の肉体を暖める折りはあるまい！

望なら、愚《おろか》しい夫君をさがして行くがよい、
走って行って、酷《むご》たらしいその接吻に乙女心を捧げてごらん
後悔と嫌悪《けんお》の気持に堪えかねて、蒼い顔して、
傷《きず》ついた乳房を抱いて戻って来るのが落ちだから……

一人の主人に奉仕《つか》えるのが、この世の人には関の山！》
折りから若いイポリトが、苦しげに身悶《みもだ》えて突如わめいた、
――《大口開いて深淵《しんえん》が自分の体内《からだ》に
拡《ひろ》がって行く思いです、深淵それは心です！

火山のように燃え立って、空無のように深々と！
泣き叫ぶこの怪物の飢を満たすものはなさそうです、
また炬火《たいまつ》を手に、怪物を血の滲《にじ》むまで焼きこがす、
あの*ウメニードの渇《かわ》きを癒《いや》すものもなさそうです。

閉めるカーテンが二人を世間から切りはなし、
疲れが休息を持って来てはくれないでしょうか！
あなたのふくよかな胸にくずおれて、
乳房の上に墓石の爽《さわ》やかさを見出《みいだ》したい願いです！》

——降りて行け、降りて行け、可哀相《かわいそう》な犠牲者よ、
永遠の地獄の道を降りて行け。
ありとあらゆる罪科《つみとが》が
地獄の風にあおられて嵐《あらし》のように吠《ほ》えながら、

ごったかえして煮えかえる、深淵のどん底さして沈み行け、
気ちがいじみた幽霊よ、君たちの肉情のゴールへ急げ、
君達のその執念の満たされる折りは金輪際来まい、
然《しか》も君達の懲罰は、君達の快感自身から生れ出る。

君達の邪恋の場所の洞窟《どうくつ》へ清い光はさし込まぬ、
壁の割れ目を伝わって、毒の気は忍び込み
鬼火のように燃えながら
持前のその悪臭を君達の五体に滲《にじ》みこませる。
実りのない君達の肉の快楽《けらく》のきびしさは

君達の渇《かわき》をいよいよ激しくし、肌《はだ》の感じを鈍らせる、
情炎の風は怒ってあおり立て
君達の肉体をよごれた旗のようにひるがえす。

罪負うて、迷う女達よ、世に在る人々から遠く、
沙漠《さばく》の中を駆けめぐれ、狼《おおかみ》のように。
軌道に外《はず》れた魂よ、君達の運命を果すがよい
そして君達の胎内の無窮をのがれて駆けまわれ！

四　忘却の河

おいで、僕の胸の上に、残酷できわけのない魂よ、
愛する虎《とら》よ、気《け》だるげな様子の怪物よ。
僕は長々と、わななく自分の指先を
そなたの厚々としたたてがみに差し込んでいたいのだ、

体臭の強く染《し》み込んだそなたの腰巻に、
疼《うず》く額《ひたい》を埋めて、僕は嗅《か》ぎたいのだ
凋《しお》れた花のようにして、自分の恋の遺骸《なきがら》の
すえるような甘やかな匂《にお》いが。

僕は眠りたい！　生きるよりかは眠りたい！
死のように陶々《ようよう》とした眠りの中にあって
悔いのない接吻《せっぷん》を一面に、銅《あかがね》の
磨きすました美しいそなたの五体に撒《ま》き散らしたい。

僕の嬉《うれ》しい咽《むせ》び泣きを吸い取るには
そなたの臥床《ふしど》の深間に優《まさ》るものはない、
有力な忘却はそなたの唇《くちびる》の上に棲《す》み、
忘却の河レテはそなたの接吻の中に宿る。

今日から後は快楽を自分の運命《さだめ》と観念し
天命と見て従おう、
その熱中の故にだけ刑の増す、
従順な殉教者、無実の罪人《とがにん》と成り終ろう、

そして恨みを紛らすには、
心など一度も宿したことのないそなたの胸の尖《とが》った乳房の
愛らしい乳首に口おしあててしゃぶろう、
憂《うれ》いを払う玉箒《たまははき》、甘やかな毒人参《どくにんじん》を。

五　陽気過ぎる女に

そなたの顔《かんばせ》、そなたのもの腰、そなたの風情《ふぜい》の美しさ、
美しい景色のようだ。
青空わたる微風のように

笑いが頬《ほお》にたわむれる。

心悲しい行路の人も、行きずりに、
そなたの腕と肩とから
光のようにほとばしる
健康には目が眩《くら》む。

そなたが衣裳《いしょう》に撒《ま》き散らす
調子の高い色彩は
花のバレエの幻想を
詩人の心に投げつける。

仰山なそなたの衣裳なんかも
けばけばしい心がかざす旗じるし。
僕がぞっこん惚《ほ》れこんだ、気違いめいた女さん、
可愛《かわ》いさ余って憎いぞえ！

腑甲斐《ふがい》ない身をひきずって
美しい園生《そのう》に遊ぶ時なんか
皮肉のように太陽が
僕の胸、裂くと感じたことがある、

そんな時、春が、青葉が、
自分に面当《つらあて》するようで
口惜《くや》しいままに一輪の花を砕いて
「自然」を膺《こら》したこともある。

こんな気持の仕返しを、いつかひと晩、
楽しみのまっ最中に、
そなたの生身《いきみ》の宝物に、音もなく
小心者のように忍びより、

楽しむそなたの肉を膺して、
あけすけな胸を刺し、
あわてるそなたの脇腹《わきばら》に
ぱっくりと風穴あけて、

より鮮かで美しい
新しく出来たこの唇《くちびる》から
僕の毒をば注ぎ込んだら、
目が眩むほど気持がよかろう！　おお、妹よ！

六　宝玉

いとしい彼女は素裸だった、僕の好みを心得顔に、
けざやかな宝玉だけがやわ肌《はだ》に残されていた、
この豊麗な装身具《みかざり》が、紋日のモールの奴隷《どれい》のような

ほこらしい様子を彼女に添えた。

金属と珠玉からなるきらびやかなこの別天地、
これが互に触れ合ってささめくように挑《いど》む時、
僕の心はうっとりする、もともと僕は大好きだ
光と音が混り合い、成るものごとが。

彼女は横になったまま、されるまま愛されていた、
寝椅子《ねいす》の上から気易《きやす》げに微笑《ほほえ》んでいた、
断崖《だんがい》に打ち寄せる海に似て、彼女の方へ寄せ返す
深くやさしい僕の愛慕に答えるように。

飼い馴《な》らされた虎《とら》のように、じっと僕を見つめたまま、
そことない、夢みるような素振して、次々にポーズを変えた、
無邪気さと好き心と混り合って
転身の一つ一つに新しいチャームを添えた。

その度に、彼女の腕が、また脚が、さて腿《もも》がまた脇腹が、
油のように滑《なめら》かに、白鳥のようになよやかに、
見のがすまいと冴《さ》えきった僕の眼《め》の前を通った。
その度に、彼女の腹と乳房とが（僕の自園の葡萄《ぶどう》の房）、

悪魔より一層媚《こ》びてにじり寄り、
僕の心の安静をみだし、
独り悠々《ゆうゆう》憩《やす》んでた水晶の
岩の上から引き降ろそうとしたものだ。

僕はわが目を疑った、新しい意匠によって
*アンチオープの細腰に少年の上半身を接《つ》いだ像かと、
何しろ腰が細いので、骨盤が目立って見えた。
浅黒い肌《はだ》に叶《かな》って紅白粉《べにおしろい》も冴えていた！

――いつかランプも消えたので、
炉の火ばかりが部屋を照らした、
吐息のように、ひとしきり、燃え立つ度に、
琥珀色《こはくいろ》したこの肌に、血の気《け》が通《かよ》った！

七 吸血鬼の転身

そのくせ、女め、苺《いちご》のような口あいて、
熾火《おきび》に載せた蛇《へび》みたい、くねくねと姿態《しな》つくり、
胸当の金具から両の乳房をはみ出させ、
麝香《じゃこう》のにおいの染《し》み込《こ》んだ次の言葉を洩《も》らしおった、
――《わらわもと、陰湿《ほとぬ》れて、褥《しとね》の奥に、
古くさい道心を忘れる術《すべ》を知った者。
自慢の乳房を含ませてあらゆる涙を乾かせる、
そして老人に子供の笑いを笑わせる。

隠さない裸《はだか》のわらわ見る人の眼《まなこ》には、
月とも、太陽とも、空とも、または星かげとも映るとやら！
親愛な道学先生よ、色恋の道の博士はわらわです、
恐ろしいこの両腕が男を抱き締めたり、
内気と見せて好色な、弱げに見えて逞《たくま》しい
この胸を嚙《か》むに任せて置いたりすると、
感極まって悶絶《もんぜつ》するこの肉蒲団《にくぶとん》に乗ったまま
インポテントの天使さえわらわゆえ身をあやまって地獄の責苦に遭うとやら！》

骨の髄まで悉《ことごと》く彼女の唇《くち》に吸いとられ
もの憂《う》い体を彼女の方へ向け変えて
恋慕の接吻返《せっぷんかえ》礼そうとしてみたものの、
何とそこには唯《ただ》一つ、膿汁《のうじゅう》の一ぱい詰った、ねとつく革袋が残っているだけ！
身の毛のよだつ驚きに僕は瞑目《めいもく》、
さて次ぎに光りに堪えて眼を瞠《あ》けば
身のまわりには、生々の血のみなぎったごとくに見えた

あの逞しいマネキンは失《う》せて、代りに、
骨片がちらかり放題ちらかってわなないていた、
冬の夜な夜な風に揺れ、鉄の支《ささえ》の先端《さきっちょ》で、
風見の鶏《とり》か看板が立てそうな音をさせてた。

慇《いん》懃《ぎん》

八 噴 水

いとしい女《ひと》よ、美しいそなたの瞳《ひとみ》さえ、さすがに今はものうげだ！
なお暫《しばら》くは開《ひら》かずに、そっと閉ざしておくがよい。
極まる肉の快感に、身悶《みもだ》えたあの時の
寝みだれたあだな姿もそのままに。
日もすがらまた夜もすがら
庭にさざめく噴水は
心やさしくゆすぶって、今宵《こよい》の恋の

法悦は回味《あとあじ》長い。
　月かげに
　　色映えて
花と咲く
　水の花束
雨に似て
　涙をふらす。

情欲の稲妻に点火され
燃え上るそなたの心も、これと似て、
さとばかり気負い込み
歓喜の天へ昇り行く、それもつかのま
忽《たちま》ちに、息さえ絶えて、崩れ落ち、
わびしい懈《け》怠《たい》の浪《なみ》と化《な》り
形《かたち》なき斜面を流れ

僕の心の深間にそそぐ。

　月かげに
　　色映えて
　花と咲く
　　水の花束
　雨に似て
　　涙をふらす。

夜ゆえに、美しさ、ひときわまさる愛人よ!
そなたの乳房に倚《よ》りそって、
水盤にすすり泣く、果のない、あの嘆き
聴いてるとなんと気持のよいことだ!
月かげよ、つぶやく水よ、あたら夜よ、
そそり立つ四辺《あたり》の木々よ、
澄み切った君らの憂《うれ》いは

僕の恋慕の姿見だ。

月かげに
色映えて
花と咲く
水の花束
雨と似て
涙をふらす。

九 ベルト*の眼《め》

どんなに有名な美しい眼をも、君らには軽蔑《けいべつ》する資格があるぞ、
僕のいとしい人の美しい眼よ、なんとも言えない甘やかなものが、
「夜」のように優しいものが、滲《にじ》み出て其所《そこ》から拡《ひろ》がるぞ！
美しい眼よ、僕にそそいでくれ、君らの愛すべき暗黒を！

僕のいとしい人の大きな眼よ、尊い奥義《おうぎ》よ、
君らは大そう似ているぞ、眠たげな蔭《かげ》の重なる背後《うしろ》に、
異体の知れない宝物がほのかに煌《きらめ》いている
あの神秘な洞窟《どうくつ》に！

僕のいとしい人の眼は、闇《やみ》に満ち、奥深く、ひろやかなこと、
そなたに似ている、大きな「夜」よ、そしてそなたのように明るい！
吐く炎、「恋」の思いと「誠実《まこと》」の誓いこねあわせ、
慎《つつま》しやかに好色に、奥に燃え立つ。

一〇　賛　歌

いとしさの極みの女《ひと》に、麗《うる》わしの限りの女《ひと》に、
わが心、ために明るき、その女《ひと》に、

天使かと覚ゆる女《ひと》に、わが恋の不滅の像に、
不滅なる祝福のあれ！

潮風《しおかぜ》のごとさわやかに、
わが生の、うちにひろがり、
足る知らぬ、われの心に
久遠《くおん》への、あこがれそそぐ。

人知れず、草廬《そうろ》にかおる
時じくもすがしき花袋《かたい》、
忘られて、夜すがらかけて、
ひそやかに燻《くん》ずる香炉、

ゆるぎなきわが恋よ、如何《いか》にして、
汝《な》が真実をえがくべき？
わが永遠の奥所《おくが》にかおる、

姿なき、このひと片《ひら》の蘭奢待《らんじゃたい》！

やさしさの極みの女《ひと》に、麗わしの限りの女《ひと》に、
わがよろこびの、健康の、泉の女《ひと》に、
天使かと覚ゆる女《ひと》に、わが恋の不滅の像に、
不滅なる祝福のあれ！

一　ある顔の約束

僕は好きだよ、蒼白《あおじろ》い美女よ、そなたの新月の眉《まゆ》が、
闇《やみ》がそこから流れ出るような気がする。
そなたの眼《め》は、真黒だが、
そこから汲《く》みとる僕の思いは、いささかも陰気ではない。

そなたの眼、そなたの黒い頭髪《かみのけ》、しなやかな頭髪《かみのけ》と、

調和のよいそなたの眼が、
もの憂《う》げに僕にささやく、《造形美に
あこがれる君よ、君が若《も》し、

わたくし達が君の体肉に刺戟《しげき》して目醒《めざ》めさせて上げた希望と
君の生来の趣味に従う気になりさえしたら、
わたくし達の真《まこと》の姿を確認出来ると言うものだ、
お臍《へそ》からお臀《しり》へかけて、

君は見出《みいだ》す、この重い美しい両の乳房の
大型の銅牌《どうはい》とも見える先《さき》、
びろうどの滑《なめら》かさ、坊主《ボンズ》の肌《はだ》の小麦色
平《たいら》なおなかの下のあたり、

このあり余る頭髪《かみのけ》と姉妹分《きょうだいぶん》、瓜《うり》二つと言いたげな、
深々とした毛の房を、

やわらかく、そして縮れて、星のない闇夜ほど
　厚々とした！》

三　怪　物

或《あ》いは　けったいなナンフに付添う男

1

いとしい女よ、そなたは確かに、
＊ヴィヨの所謂《いわゆる》、やさ乙女の部類じゃないね。
博打《ばくち》、色ごと、食いしんぼう、三つが一緒に、
古鍋《ふるなべ》みたいなそなたの中で煮えたぎってる！
初々《ういうい》しいなぞ、義理にも言えない、

薹《とう》の立った王女よ！　だが然《しか》しそれにしても、
色恋の修業が仕上げたそなたの体《からだ》に

使い古した道具の艶《つや》が
たっぷり出ていて
仲々のお色気だ。

四十過ぎた深みどりだが
退屈は人にさせない。
「秋」よ、そなたの果実《このみ》の方が、
春の下らぬ花よりは、僕に嬉《うれ》しい！
はっきり言うが！　絶対に退屈じゃない！

骨っぽいそなたの肉体にも、いいところ、
乙なところが、色々あるよ。
そなたの腋《わき》のくぼみの奥に、
味な香辛料を、僕は嗅《か》ぎつける。
骨っぽいそなたの肉体にも、いいところがあるよ！

メロンや南瓜《かぼちゃ》の恋人なんか
笑っておやり、気にするな！
サロモン王の魔術の書《クラヴィキュル》より
そなたの 鎖 骨《クラヴィキュル》 が僕には嬉しい、
不粋な奴《やつ》らは犬に食われろ！

青い兜《かぶと》のような頭髪《かみのけ》は、
考えたり、紅《あか》らんだりは大してしないが
専《もっぱ》ら剛《きつ》そうなそなたの額を柔《やわら》げて、
さては、さっさと、後方《うしろ》へしざり、
青い兜のたてがみそっくり。

泥《どろ》で出来たようなそなたの眼《め》は、
異体の知れない信号燈《しんごうとう》をちらつかせ
頰《ほお》の臙脂《えんじ》に元気づき
地獄のような稲妻を吐く！

泥のように、そなたの眼は黒い！

多情らしさと自堕落ぶりで
そなたの唇《くちびる》は僕らに挑《いど》む。
この唇が一つのエデン、
魅力もあるが、厭味《いやみ》もある。
なんたる多情らしさだろう、なんたる自堕落ぶりだろう！

筋張って乾《ひ》からびたそなたの脚は
火山のてっぺんへ駆け上り、
年齢《とし》も苦労も忘れ果て、
これ見よがしのカンカン踊り。
筋張って乾からびたそなたの脚。

熱いばかりで味のないそなたの肌《はだ》は
老いぼれの憲兵さんの肌に似て

もう汗なんか忘れてる
眼が涙忘れていると同様に。
(だが然し、彼女には味がある!)

2

馬鹿阿摩《ばかあま》め、「地獄」めがけて飛びこんで行く!
よろこんで、僕も一緒に行きたいが、
そのおそろしいスピードが
少々僕の気にかかる。
だから、独りで、「地獄」へ行きな!

僕の腎臓《じんぞう》、肺臓、膕《ひかがみ》、そのどれも、
閻魔《えんま》の庁への貢物《みつぎもの》、
すでにゆるさぬ。
《さりとは! 残念至極です!》と、こう、
僕の腎臓、肺臓、膕《ひかがみ》が、ぬかしおったぞ。

なんとも！　芯《しん》から残念だ、
自分も魔宴《サバト》に連らなって、
閻魔が硫黄の屁《へ》をひる時
そなたがどんな顔つきで、あそこに接吻《せっぷん》するものか、見られないのが！
なんとも！　芯から残念だ！

心から僕は悲しい、
地獄の炬火《たいまつ》よ！　そなたの炎に燃えても見ないで
このままお暇《いとま》するなんて、いとしい女よ、
察してたもれ、どれほど僕が
心から悲しんでいるか、

すでに久しく、そなたを僕は愛してる、
理詰めの生れつきなので！　お解《わか》りでしょう、
同じ「悪」でも最上級、

完全な怪物を探して愛する僕なので、
つまりそうだよ！　怪物め、そなたを僕は愛してる！

一三　僕のフランシスカを賛《ほ》める歌

博識で信心深い婦人帽作りの女のために書かれた詩

（この篇は、すでに「幽鬱《ゆううつ》と理想」六〇番として既出、よってここには再録しない）

題詠

一四 オノレ・ドーミエ氏の肖像に寄せた詩篇*

ここにその風丰《ふうぼう》を筆者が示す人物は、
世にも高邁《こうまい》なその芸術により、
如何《いか》に人間の嗤《わら》うべきかを教える者、
読者よ、これは賢人です。

たしかにこの人は諷刺家《ふうしか》です、嘲弄家《ちょうろうか》です、
但《ただ》しこの人が、「悪」とその一味を、

描くに用いる熱情が
彼の心緒《こころね》の美しさを立証します。

彼がその画筆によって見せてくれる嘲笑は、
＊アレクトの松火《たいまつ》に逢《あ》うと、本人達は火傷《やけど》をするが
見ている僕らは悲しくなるような
＊メルモスやメフィストの渋面とは別物です。

彼らの嘲笑《あざわら》いは、惜しい哉《かな》！　陽気なことの
単に痛々しい漫画でしかない、ところがこの人の
嘲笑となると、さっぱりしていて鷹揚《おうよう》で、
まるで好意の徽章《きしょう》のように輝いています！

一五　ローラ・ド・ヴァランス*

百花撩乱《ひゃっかりょうらん》、どこへ行っても、美人だらけだ、
友よ、これでは、君達の目移りも無理はない。
だがね、ローラ・ド・ヴァランスと来ると
ばら色と黒の宝玉、どっこにもないよさがきらめく。

一六　『獄中のタッソー*』に題す
ウジェーヌ・ドラクロア筆

獄中のこの詩人、衣は破れ、病みほうけ、
痙攣《ひきつけ》る足先に、詩稿踏まえて、
恐怖に燃立つ眼《め》を据《す》えて

魂の落ちこんで行く眩《くるめき》の階段をのぞきこんでる。
獄中に轟《とどろ》きわたる狂人の嬌笑《きようしよう》、彼の理性を
怪奇と虚妄《きよもう》へ誘い出し、
「懐疑」彼を取り巻き、愚劣でそして、忌《い》まわしい、
様々の「恐怖」ども、あたりに満ちる。

むさくるしい監房に閉じこめられたこの天才者、
耳近く吠《ほ》え立てたり、渦巻《うずま》いたりしている
おびただしいあの渋面、あの叫び声、あの幽霊ども、

われとわが居室の醜悪さに眼をみはるこの夢想家、
これがそなたの徽章《きしよう》だよ、怪しい夢を持つ「魂」よ、
「現実」がその無慚《むざん》な四壁の中に閉じこめて、窒息させるそなたの！

雑篇

一七 声

僕が育った揺籃《ゆりかご》は本箱に凭《もた》せてあった、
地味なこのバベルの塔には、小説やら、科学の書やら、寓話《ぐうわ》詩やら、
ラテンの灰とギリシャの埃《ほこり》の一切が、ごっちゃになって並んでいた。
僕の背丈は二つ折本《イン・フォリオ》そこそこだった。
二つの声が僕に呼びかけた。狡《ずる》そうで歯切れのいい
一つの声は、こう言った、《地球は甘いお菓子《ケーキ》だぜ、
あんたの食欲を地球ほど大きくすることもわしには出来ると言うものだ、

そうさえなったらしめたもの、あんたの楽しみに果はないから！》
また別の声が言う、《おいでよ！　おいでよ！　可能の彼岸《ひがん》、
既知の彼岸、夢の中へ、旅に出ようよ！》
この声は、どこやらから来ては歌う浜風みたいに、
泣き虫の幽霊みたいに、耳ざわりは楽しいが、ちと怖《こわ》かった。
僕はそなたに答えたものだ、《行くよ！　やさしい声よ！》と。
この時からだ、切ないことに！　僕の傷、僕の不運が始まったのは。
広大な人生の書割《かきわり》の背後、真暗な淵《ふち》の底に、
僕ははっきり異様な世界を見ることになり、
われとわが炯眼《けいがん》の陶然《のんびり》した犠牲となって、
靴《くつ》を嚙《か》む蛇《へび》どもを引きずりながら歩いている。
同じくまたこの時からだ、予言者に似て、僕がやさしい限りの思いで、
沙漠《さばく》と海を愛するようになったのも。
悲しい時に笑い、嬉《うれ》しい時に泣き、
苦《にが》い酒に甘味《あまみ》があると思うようになったのも。
真実を虚偽だと思い、天を見ていて、

穴にはまったりするようになったのは。
それなのにあの「声」が慰め顔に僕に言う、《そなたの夢を
大事になさい、賢者は狂人ほど見事な夢は見ていない！》

一八 意外なこと

断末魔の父親の看護をしていたアルパゴン＊、
すでに血の気のなくなった唇《くちびる》を前にして、案じながら独言《ひとりごと》、
《たしか納屋《なや》には、棺桶《かんおけ》作る位には事欠かぬ
　古板があったはず？》

甘ったれた声でセリメーヌ＊が言う、《あたくしの心はとても親切、
神様があたくしをこんな美人になさったのも、つまりそのわけ》
——ところが、あいつの心と来たら！ 硬くてこちこち、ハムみたいに燻《いぶ》してあって
　地獄の劫火《ごうか》で二度焼したしろもの！

社会の木鐸《ぼくたく》を以《も》って自ら任ずるある朦朧《もうろう》記者は、
自分が闇《やみ》に溺《おぼ》らせた貧しい者に向って言う、
《一体どこにいるというんだ、君がそんなに賛美する、
　その「美」の創造者、その社会悪の「矯正者《きようせいしや》」は？》

ある一人の道楽者を、僕は誰よりもよく知っているが、
こいつ、夜ひる欠伸《あくび》のしつづけ、泣いたり嘆いたり、
無気力な自惚《うぬぼ》れ奴《やつこ》、人さえ見れば繰り返す、
　《直《す》ぐにも改心したいですよ！》

柱時計が、代って今度は、小声で呟《つぶや》く、《この亡者《もうじや》！
大分熟《う》れたぞ！　肉が臭いと教えといたが、無駄骨《むだぼね》だった。
人間という奴《やつ》、盲で、聾で、おまけにひ弱い、
　虫のついた壁板そっくり！》

さて次に、嫌《きら》われ者の「某」が現われて、
一同に告げた、人を見さげて高慢ちきに、《貴様達、
わしの聖体盒《せいたいごう》から、陽気な黒ミサを上げては、
　わしの有難い聖体をたっぷり拝領したはずだ？

貴様達、銘々が心中にわしのため御堂《みどう》を建てて、
こっそりと、醜悪なわしのお尻《しり》を嘗《な》めおった！
この世界ほど厖大《ぼうだい》で、醜悪な「悪魔様」見知っておけよ、
　勝ち誇ったわしのこの笑いの声に！

びっくりしている偽善者どもよ、貴様達信じていたか、
いいかげん主人を馬鹿《ばか》にしたり、瞞《だま》したりした揚句、
天国へ行ったり、お金をたっぷりこさえたり、
　二つまで、御褒美《ごほうび》が頂戴《ちょうだい》出来て、当り前だと？

もともと獲物という奴は、長い年月我慢して待伏せた

老いた猟師がさずかるべきだ。
厚い地層を貫いてわしは貴様達を連れて行く
　　　わしの悲しい歓喜の伴侶《とも》よ、

地と岩の厚味を貫いて、
貴様達の灰の乱雑な堆積《たいせき》を貫いて、
わし程大きい宮殿へ、一枚岩の宮殿へ、
　　　軟《やわらか》い石なんかではないんだぞ。

理由《わけ》を言うなら、その石が、全人類の「罪障」の塊りだから、
おまけに、わしの慢心と苦悩と光栄を含んでいるから！》
——さるほどに、宇宙の一番高きに立って、
　　　一人の天使が勝利を告げる、

《主よ、御身の鞭《むち》に祝福あれ！　おお、父よ、
わが苦悩に祝福あれ！　御手《おんて》に托《たく》したわが魂は

徒《あだ》でなかった、そして御心《みこころ》の周到さ計り知られぬ》
　このように心に思う人々のそれは勝どき。

天の葡萄《ぶどう》の荘厳《そうごん》な収穫《とりいれ》の夕べ夕べに
鳴り渡るラッパの音色は甘やかだ、
あがめられ賛《たた》えられ歌われる人々に
　法悦として染《し》みわたる。

一九　あ が な い

人間は、自分の贖償《あがない》を果すがために、
理性の鍬《くわ》をふるい、難儀して
掘起し耕すがために、
二つの白土質の耕地を与えられている、

小さな薔薇《ばら》の一つさえ、
ほんの僅《わずか》な麦穂さえ、
苦しい額の塩辛《しおから》い涙をそそぎ続けなくては、
ついに得られぬ。

耕地の一つは「芸術」だ、そして一つは「愛情」だ。
——厳格な最後の審判《さばき》の
恐ろしいその日になって、
判官様のみ情けを乞《こ》い受けようとするからには

収穫《とりい》れた穀物で一ぱいな穀倉と
色も形《かたち》も天使達に欣《よろこ》んでいただける
薔薇の花を
お目にかけるが当然だ。

二〇 マラバル生れの女に*

お身が足は手ほど華奢《きゃしゃ》、おん身が腰は
美しい白人女の羨望《せんぼう》の的になるほど仰山だ。
思い屈した好事家《こうずか》におん身が容姿《すがた》は有難い、
びろうどのおん身が瞳《ひとみ》、肌《はだ》の色よりなお黒い。
神がおん身をあらしめた暑いみどりの国にいて
主《あるじ》のパイプに火を移す
飲料水と香水の罎《びん》の中身をつめかえる
ベッドから遠い所へうるさい蚊たちを追い払う
夜が明けて鈴懸《すずかけ》の歌い出す頃《ころ》
市場《いちば》でアナナとバナナを買う、あとは用なし。
一日じゅう、気の向く所へ、おん身は裸足《はだし》を連れ歩く、

耳慣れぬ昔の歌を口ずさむ
緋《ひ》のマント夕日うすずく夕まぐれ
しずやかに横になる
訪《おとの》うは蜂雀《はちすずめ》舞いあそぶ夢
おん身さながら香《か》に匂《にお》い、花と咲く夢。

幸せな女よ、何《なに》とてかフランスなぞを見たがるか
苦悩にあえぎ、人間の多くいすぎるあの国を。
船乗りの逞《たくま》しい腕に自分の一生をゆだねてまで
馴染《なじみ》深い羅望子《タマラン》の実に別れを告げようとはするか？
半裸に近い姿して生きて来たおん身が
あの寒国の氷雪にわななきながら
どのように今の暮しの清和をなつかしむことか。
そうなのだ、無惨《むざん》なコルセットに脇腹《わきばら》を噛《か》まれながら、
開化の泥沼中《どろぬまちゅう》におん身が夕《ゆうべ》の糧《かて》をあさり
伏せ目がちに、いまわしい霧の中をさまようて

あらぬ椰子《やし》の木の幻をそこやかしこに追いながら
おん身の異色ある魅惑の色香を切り売りせずばなるまいに。

一八四〇年

戯《げ》作《さく》

二一　アミナ・ボシェッティの初舞台を歌う*

ブリュッセル市モネー劇場に於《お》ける

アミナは跳《と》んで、——逃げてって、——三べん廻《まわ》って、笑みかける、
斉東野人《ウエルシュ》*がそれを見て曰《いわ》く、《なんだ、こんなの、意味がない、
森に住む水精《ナンフ》なら、
「野菜の山」*に住む水精《ナンフ》、あれが何より》

華奢《きやしや》な爪先《つまさき》から、にこやかな目許《めもと》から、

アミナはなみなみ昂奮《こうふん》と才気をふりかける、
斉東野人《ウエルシュ》の曰く、《みせかけだけの眩惑《まどわし》だ、あんなの消えて失《う》せちまえ！
おらが女房は、あのような蓮葉《はすは》なそぶりはしない》

象にはワルツ、木兎《ずく》には陽気、
鶴《つる》には笑いを教え込もうと難儀する
軽快な空気の精の舞姫、あなたは知らない、

斉東野人《ウエルシュ》という奴、どんな優雅を見せられても《ちぇっ！》
親切心で酒神《バッキュス》が銘酒ブルゴーニュを注いでやると、
《おいらにゃ、地酒のファロがよい！》なんかとぬかす悪魔だとね。

二二 ウジェーヌ・フロマンタン氏に*

その友なりと自称する
あるうるさい男に就いて

そ奴《やつ》、ぬかした、自分は大そう金持だとね、
でも、コレラには閉口だとね。
——金は惜しくて使いかねるが、
でも、オペラなら大好きだとね。

——コロー*画伯と知り合ったほど
真から自然は大好きだとね。
——馬車こそまだ持っていないが、
それも近々手に入れるとね。

——大理石やら、煉瓦《れんが》やら、
黒い木、金いろの木が好きだとね。
——工場には、勲記持ちの職長が
三人も働いてるとね。

——他の株は数に入れずに
「北鉄」だけでも二万もあるとね。
——＊オップノールの額縁なぞも
只《ただ》みたいな値で掘出したとね。

——骨董品《こっとうひん》には（＊リュザルシュなんかも結構ですよ！）
好きで全く目がないとやら。
がらくた市場の掘出し物も、
これまで何度も為《し》たとやら。

——細君も、母親も、大して愛していないとやら、

でも、やはり、霊魂の不滅だけは
信じているし、
そんなわけで、ニボワイエ*を愛読したとやら！

——恋しても、肉体的になりがちで、
ローマで退屈していた時なぞ、
女が一人（肺病だったが）
自分に焦《こが》れて死んだとやら。

たっぷり三時間半、
トゥールネから来たこの饒舌野郎《おしゃべり》、
身の上ばなしを喋《しゃべ》りまくった、
おかげでこっちは茫《ぼっ》とした。

僕のつらさを一々のべたら、
いつまでたっても果《はて》しはなかろう。

怒りをこらえて呟《つぶや》いた、
《せめて、居眠りでも出来たら！》と。

便意しきりに催しながら
座を立ちかねた男のように、
僕は、お尻《しり》をもじもじさせた、
此奴《こいつ》めを、串刺《くしざし》の刑にしたらと考えながら。

この怪物、名はバストーニュ
疫病《やくびょう》こわさに逃げて来おった。
僕は逃げるね、ガスコーニュまで、
さもなきゃ、身投げと行くはずだ、

奴の怖《おそ》れる、パリの市《まち》へ
戻って見たら、往来で、
トゥールネ生れの疫病神、

こ奴《やつ》ともう一度出会うようなら。

ブリュッセル・一*八六五年

二三　ふざけた居酒屋

ブリュッセルからユ*ックルへの途上所見

（たとえ簡単なオムレツ一つでも、食べるとなると！）
楽しみには香辛料が大事とばかり、
やれ骸骨《がいこつ》だの不気味な鳥羽絵だのと
夢中で探しまわる君よ、

老いた埃及王《ファラオン》、わがモ*ンスレよ！
僕は君を思い出したよ、
この案外な看板を見て、
「一寸《ちよつと》一杯、墓地見晴亭」

『悪の華』補遺

（一八六六年、一八六八年）

『新悪の華』〔一八六六年〕

一 真夜中の反省

柱時計、真夜半を報じ、
過ぎ去った今日の一日《ひとひ》を
何に使ったか、思い出させて、
皮肉にも人に反省を強《し》いる、
——今日は、凶《まが》の日、
金曜日、十三日、
悪いと承知で、

異端者の日暮しだった、

疑う余地なぞまるでない神、
キリストを冒瀆《ぼうとく》した！
醜怪な大金持の宴席をとりもつ
幇間《たいこもち》も同然、

この悪党の気に入るために、
悪魔の下臣《けらい》になりさがって、
愛する者を罵《ののし》って
嫌いな奴《やつ》を賞《ほめ》あげた、

心の卑《いや》しい刑吏のように、
罪ない弱者を悲しませ、
巨大な「愚劣」、
牡牛《おうし》のような面《つら》つきの「愚劣」の前にひれ伏した、
つまらぬ「物資」に

誠心誠意接吻捧《せっぷんささ》げ、
爛熟《らんじゅく》の
不純の光を賛美した、

はては、頭の眩暈《こんぐらがり》を
気違沙汰《ざた》で溺《おぼ》らせようと、
日頃《ひごろ》は自慢の「詩神」の司祭、
悲しいものにひそむ美を
ひろげて見せるが御自慢に似ず、
渇《かわ》きも饑《うえ》もないくせに、牛飲しました、馬食した！
——早くランプを消してくれ、
闇《やみ》に姿が沈めたい！

二 ある禁断の書のための題詞

牧歌的で和清を愛する読者よ、
純朴《じゅんぼく》な善人よ、
乱痴気沙汰《ざた》と悒愁《ゆうしゅう》の
この土星の子の書を棄《す》て去れ。

インチキ学長、悪魔《サタン》のもとで、
修辞学級を修めたのでなかったら
棄て去れ！ まるっきり解《わか》るまいから、
さもなくば、僕をヒステリーだと思うだろうから。

ただいたずらに見惚《みとれ》るだけが能でなく、
淵瀬《ふちせ》の底を見抜く眼力が君にあるなら、
読んで僕を愛することを学んでくれ、

悩みながら、自分の天国を探しつづける
好奇の魂よ、
僕を憫《あわ》れんでくれ！……さもなくば、僕は貴様を呪《のろ》うぞ！

三　悲しい恋歌

1

大人しくとも何になろうぞ？
姿、美しくあっておくれよ！　心、さびしくあっておくれよ！
涙は顔に風情《ふぜい》を添えるよ、
川が景色をよくするように。
嵐《あらし》は花を若返らせるよ。

げっそりした額から歓《よろこ》びが消え失《う》せて
そなたの心が恐怖に溺《おぼ》れて沈む時、
そなたの今の身の上に
過去の暗雲がひろがる時、
とりわけ僕にそなたが気に入る。

血のように温い水を、はしばみのつぶら眼《まなこ》が流す時、
揺《ゆすぶ》って慰める僕の手も空《むな》しくて、
重すぎるそなたの苦悶《くもん》が、
断末魔の喘《あえ》ぎのように洩《も》れる時、
僕にそなたが気に入る。

僕は吸い込む、(ああ、いい気持だ!
深間の賛歌だ、おお、甘い!)
そなたの胸から湧《わ》いて来る嗚咽《むせびなき》の全部《ありつたけ》、
そして信じる、そなたの心は、

眼からこぼれる真珠の玉で輝くと！

2

僕は知ってる、そなたの心が、
根こぎにされた昔の恋で一杯だと、
まだ時々は居炉裡《いろり》のように燃え立つと、
胸の底には科人《とがにん》の
せめてもの誇りが隠れていると、

だが然《しか》し、愛する女よ、そなたの夢が
すっかり「地獄」になり切るまでは、
ひっきりなしの悪夢の中で、
毒と剣《つるぎ》を思いつづけて、
火薬と兇器《きょうき》に気もそぞろ
来訪者《ひと》のノックにおののきふるい、

到《いた》る所に不幸を嗅《か》ぎつけ、
時が鳴るたび縮み上り、
どうにもならない「嫌悪《けんお》」の情に
身を緊《し》めつけられると感じる時まで、

僕に向って、そなたは言えないぞ、
おののきながらも僕を愛せずにはいられない、奴隷《どれい》女王よ、
悲惨な夜の苦しまぎれに、
存分心に叫ばせて、
《おお、わが王よ、わらわもそなたの同類よ!》とは。

四　警告者

人間の名にふさわしい人なら誰も
心の中にとぐろを巻いて、ここを玉座と

どっしりかまえた、黄色い蛇《へび》を持っている、
人が《為《し》たい！》と言えばこ奴《やつ》め《止《よ》せ！》と答える。

森の女神や泉の女神に
うっかり見惚《みと》れていようものなら、
この「牙《きば》」が早速ぬかす、《義務を忘るな！》

子供を生んで、苗木を植えつけ、
詩を推敲《すいこう》し、石を彫り給《たま》え、
すると「牙《きば》」めがぬかすはず、《明日の命も知らないくせに！》

何をたくらみ、望むとしても、
この厭《いや》らしい蝮奴《まむしめ》の
警告の声を聞かずには、
人間は、一分間も生き難い。

五　叛《はん》逆《ぎやく》者《しや》

怒った天使が中空から荒鷲《あらわし》のように襲いかかって
異端の男の髪《かみのけ》むんず鷲摑《わしづか》み、振廻《ふりまわ》しながら言う、
《法《のり》に従え！　(自分こそ守護の天使だ)
申しつくるぞ！

心得よ、厭《いや》な顔見せずに、貧しい者も、
悪人も、片輪者、愚者《おろかもの》まで、
一様に愛せとここに教えるは、キリストの過ぎ給《たま》う時、
そなたの慈愛の心もて勝利の敷物を編んでまいらするがためだぞ。

「愛」とはかかるものと知るべし！　またまた心の鈍らぬ先に、
神の光栄の法悦に身をひたせ、
これこそは楽しさ尽きぬ真の「愉楽」だ！》

さて天使、可愛《かわ》いさ余る憎さで罰し、
巨人の拳《こぶし》ふり上げて、極道者を打ち据《す》えた、
ところが、件《くだん》のしたたかもの、いつになっても、《いやでござんす！》

六　浮世はなれて

これやこれ神聖の家
花乙女あでやかに住み
静かに時の至る待つ

片手あげ乳房を扇《あお》ぎ
片肱《かたひじ》は褥《しとね》に埋《うず》め
噴水《ふきあげ》の泣くに耳貸す、

これやこれドロテが居間《いま》よ。
——寵《ちょう》ほこる花の乙女子、
慰むるよすがもがなと、
風と水かそけく歌う
すすり泣きこみあぐる歌。

やわ肌《はだ》の余すくまなく
香油は早ぬりこめつ
安息香《ベンジョワン》早たきこめつ。
——折からよ
片隅《かたすみ》に牡丹《ぼたん》くずるる。

七　沈思

おお、わが「苦悩」よ、ききわけて、静かなれ。

おん身、「夕暮」を待ち侘《わ》びたるに、
いま、日は暮れて、夜《よる》となる。暗きかげ街を被《おお》う、
ある者に安息を、ある者に不安をば、もたらして。

俗世の眇《びょう》たる人間達、苛薄《かはく》なる斬首人《ざんしゅにん》、
「歓楽」の笞《しもと》のもとに、
卑《いや》しき歓会へと馳《は》せて、悔恨を拾うまに、
わが「苦悩」よ、手をのべよ、こなたへ来《きた》れ、

彼らより遠く。見よや、かの天空のおばしまに、
過ぎし「歳月《とし》」、みなり古めきうつむくを、
水くぐり、「後悔」の浮び上るを、

瀕死《ひんし》の「太陽」、大空の果てに沈むを、
さて、東方に棚引《たなび》きて、丈け長き死布さながらの、
やさしき「夜《よる》」の、歩みよる足音に、きき入れよ、いとしのわが苦悩よ！

八　深《しん》淵《えん》

パスカルには、まつわって離れない深淵があったとやら。
——なるほどそうだ！　僕らの一切は深淵だ、——行為も、意欲も、
夢想も、言葉も！　これを思うと、いつものことだが、
よだつ身の毛を「恐怖」の風に吹かれる思いだ。

上も、下も、至る処《ところ》、深間、浅瀬、
沈黙、それに捕えて放さない怖《おそ》ろしい空間だらけ……
僕の夜な夜なの暗黒な背景の上に、神はその巧者な指で、
切れ目のない様々の悪夢を描いては見せてくれる。

なんとない不気味さで一ぱいな、何処《どこ》へ続いているとも知れない
大きな穴を、人が怖れるような気持で、僕は睡眠を怖れる。

僕にはまた、どの窓からも、見えるのは、無限ばかりだ、
そして僕の精神という奴《やつ》は、絶えず眩暈《めまい》に憑《つ》かれていて、
あの虚無が持ってるような不感無覚を羨望《せんぼう》している。
——ああ！ ついに「数」と「存在」とからのがれない運命だとは！

*

九　あるイカルスの嘆き

かの娼婦《しょうふ》らが、いやしき情夫《まぶ》も、
満ち足りて、朗らかなるに。
このわれや、雲追うわざに、
つかれたり。
天空の奥深く、かがやけるもの、
譬《たと》えんにものもなき、かの星々にやけただれ、

わが眼《め》、見ずなりぬ、
太陽の思い出以外。

空《むな》しくもわれ試みき、
天空の心《しん》と果《はて》しを、さぐらんと。
火のごとき、眼《まみ》の光に、
今わが翼《つばさ》、くだけ散る。

美に、あこがるる心ゆえ、身の焼かるるよ、
やがて、わが墓たるべき、この淵《ふち》に、
わが名あたうる、せめてもの
名誉さえ、与えられずて。

一〇　蓋《ふた》

暑い国、寒い国、海の上、陸の上、
何処《どこ》にいようと、
キリストの下僕《しもべ》だろうと、ヴィナスの下臣《けらい》だろうと、
むさくるしい乞食だろうと、緋衣《ひい》の富豪だろうと、

都会人だろうと、田舎者だろうと、浮浪者だろうと、家居《いえい》の士だろうと、
小さな脳味噌《のうみそ》が、機敏だろうと、のろまだろうと、
どこにいても、人間め、神秘の恐怖に圧《お》され、
わななく眼《まなこ》で上を見上げることだけは確《たしか》だ。

上とは天だ！　人間を窒息させる墓穴の壁だ、
三文オペラの燈火《あかり》のともる天井だ、

道化役者が血まみれの地べたを踏んでの登場だ、
蕩児《とうじ》の怖《おそ》れ、狂信の出家の希望《のぞみ》、
天とはまさに、微々たる然《しか》も広大な
「人類」が湯煎《ゆせん》されてる、大鍋《おおなべ》の蓋さ。

作者の死後の版（第三版）に増補された詩篇〔一八六八年〕

一　平和のパイプ

ロングフェローによる

1

さても、その時、「生命の主《あるじ》」、「権力者」、
ギッチ・マニトー、緑の牧場へ下り立った、
丘の起伏の連《つら》なった大草原の一角だ。
さて其所《そこ》の、「赤い石切場」の岩鼻に
空間はるかに見晴らして、朝の光を身に浴びて、

姿雄々しく颯爽《さつそう》と突っ立ち上り、

草の数、砂の数よりなお多い、
数えきれない人民を招致した。
怖《おそ》ろしい手をのべて、岩角をたたき割り、
見事なパイプの頭を作ったと見ると、
次いで川辺に下り立って、深い茂みにわけ入って、
長い蘆一竿《あしいつかん》選んだ、羅宇《らう》にするため。

詰め物は、柳の皮で間に合った。
そこで彼、「全能者」、「権勢の創造主《つくりぬし》」、わがマニトー、
立ったまま、神聖な燈台《とうだい》のように、「平和のパイプ」に点火した。
悠々《ゆうゆう》と「石切場」に立ったまま、朝日を浴びて、
屹然《きつぜん》と端然と、それを吹かした。
ところがこれは、諸国の民には、大信号というわけだ。

神聖な煙は、静かに舞い上った。
やわらかい朝の空気の中を、なよやかに、匂《におい》やかに。
最初それは一筋の黒い線に過ぎなかったが、
まもなく煙は青味を増して、より濃くなった、
次には、白く。昇るにつれて、いよいよ太く、
最後にそれは、空の天井に当って砕けた。

ロッキー山脈のはるかに遠い嶺々《みねみね》から、
波騒ぐ北部の湖沼地帯から、
タワセンザ、類《たぐ》いないあの渓谷《けいこく》から、
風薫《かぜかお》るタスカルーザの森林かけて、
皆のものが見てとった、朝空の茜《あかね》に冴《さ》えて
静々と立昇る太い煙の大信号。

部落々々の予言者たち、口をそろえて判じて言った、《あの、
煙の柱が見えるか、号令する手のように、太陽《ひ》の前に

黒々と浮んで、揺れながら昇り行くあれ？
あれは、「生命の主《あるじ》」、ギッチ・マニトーだ》
彼は告げる、広い牧場の隅々《すみずみ》に向って、
《戦士らよ、予は君らを会議に招致する！》と。

水を渉《わた》り、野山を越えて、
風の通路さえあれば、到《いた》るところの四方から、
部落々々の戦士はすべて、一人残さず、
空に流れるあの信号を見知って、
ギッチ・マニトー指定のところ
「赤い石切場」へと従順に集った。

戦士らは、緑の牧場に集った、
すっかり武装を整えて、戦場慣れした顔つきで、
秋の木の葉ほど色とりどりの身仕度で
あらゆる人間を戦いに狩立てるあの憎しみが、

彼らの祖先の眼《め》を燃やしたあの憎しみが、
今またしても、彼らの眼を宿命の火に燃え上らせた。

彼らの眼は譜代の憎しみにあふれていた。
それなのに、「大地の主《あるじ》」、ギッチ・マニトー、
戦士ら一同を憫《あわ》れみ深く見まわした、
どうやらそれは、騒動を憎む一人の慈父が、
愛する子らが傷《きず》つけ合い噛合《かみあ》う姿を見ると似ていた。
あらゆる種族に対する、これが、ギッチ・マニトーの気持だった。

彼は、一同の上に、力強いその右手を差しのべた、
これは彼らの狭量と気持をくつろげるためだった、
これは自分の手の影で、彼らの熱気を冷《さま》すためだった。
次いで、彼は、一同におごそかに言ってきかせた、
魔のような、超人的な音《ね》を立てる
滝壺《たきつぼ》の水によく似た声だった。

2

《おお、わが後裔《こうえい》よ、悲しく、然《しか》も愛すべき者たちよ！
おお、わが子らよ！　神聖な条理を聴け。
「生命の主《あるじ》」、ギッチ・マニトーが、告げるのだ！
彼こそは君らの国に、
熊《くま》と海狸《ビーバー》と馴鹿《となかい》と野牛を与えた者だ。

君らの狩《かり》と漁《すなどり》を容易《たやす》くしたのはこのわしだ。
それなのに、何《なに》ゆえに、猟師が殺人者となるか？
沼地に禽《とり》を殖やしたのもこのわしだ。
なぜそれで満足が出来ないか、不孝者よ、
なぜ人間が隣人に狩を仕掛けるか？

君らの忌《いま》わしい戦争にわしは芯《しん》から飽き果てた。
君らの祈り、君らの願い、それさえが、今ではすべて罪悪だ！

禍根は君らの反撥《はんぱつ》し合う気質にあるが、
真の君らの力は和協にこそあるのだ。
兄弟として生きるがよい、平和の維持を学ぶがよい。

やがてわしの手から、「予言者」を一人遣《つかわ》そう、
彼は来て、君らに教え、偕《とも》に苦しむはずだ。
彼の言葉は人生を祝祭と化《か》えるはずだ。
ただし、君らが彼の全智《ぜんち》を軽んずる限り、
呪《のろ》われた子らよ、君らは、滅亡するはずだ！

君らの好戦的な隈取《くまどり》を川波に洗い流せ。
蘆《あし》は密生しているし、岩層は厚い。
各自がパイプを作るに十分だ。戦争はもう沢山、
流血はもう真平《まつぴら》だ！　今後は兄弟として生きよ、
そして、皆が一致して、「平和のパイプ」を喫《す》うがよい！》

3

突如、一同は、武器を地上に抛《な》げうって、
残忍に且《か》つ誇らしく額を彩《いろど》る戦士の隈《くま》を
小川の流に洗い落した。
各自《てんで》に岩でパイプを彫り、岸辺の蘆を抜き取って、
巧みな装飾《かざり》さえつける。
「聖霊」はこれら可憐《かれん》な子らを見てにこやかだった！

各自《てんで》に、うっとりと、溶けそうな気持になって、家路についた、
かくて、「生命の主《あるじ》」、ギッチ・マニトーは、
半開の扉《とびら》から天へまた昇って行った。
——壮麗な雲のかすみを貫いて、
「全能者」は昇って行った。わが業績に満ち足りて、
おおらかに、かぐわしく、厳粛に、輝いて！

一二　ある異教徒の祈り

ああ！　そなたの情火を弱めるな、
萎《なえ》たこの心を温めてくれ、
「肉情」の女神よ、人の心の責苦よ！
この願いをきき容《い》れてくれ！

空気にまで溶け込んでいる女神よ、
われらの地下に燃え続ける炎よ！
鐘や太鼓の鳴物入りで、
凍えた心が捧《ささ》げる願いを聞き容れてくれ！

「肉情」の女神よ、常にわが女王であってくれ！
肌《はだ》とびろうどで作った

人魚のマスクをかけろ、
それが厭《いや》なら、そなたの重い眠りを
形のない神秘な酒にそそげ、
「肉情」の女神よ、窈窕《ようちょう》たる幽霊よ！

一三　機嫌《きげん》を損じた月

僕らの父祖が人知れず愛した月よ、
星々が、装い華美《はで》に、後宮の美人のように、
君の後からついて来る、青い世界の高みから、
昔ながらの「月姫《つきよみ》」よ、われらがあばら屋の楽しいランプよ、
君は眺《なが》めているのかしら、粗末ながらも楽しげなベッドの上に、
眠る二人の恋人の唇《くちびる》洩《も》れる皓《しろ》い歯を？

推敲《すいこう》に心を砕く詩人の重い額を？
それとも、枯草の根元に交尾《つる》む蝮《まむし》のもつれを？

忍び足、黄色いドミノに身をかくし、
昔のように、宵《よい》の口から明け方まで、
エンデミオンの残る色香に接吻《せっぷん》しつづけなさる気か？
——《末法の世紀の子よ、わが見るは、汝《なれ》が母なり、
歳月に重たげな肌《はだえ》鏡に傾けて、
かつての日、汝《なれ》はぐくみし乳房の上に手際《てぎわ》よく厚々と白粉《おしろい》を刷《は》く！》

一八四二年作

一四 テオドール・ド・バンヴィルに*

手並あざやかに、あなたは詩神の髪《かみのけ》を摑《つか》まれた、
その練達な態度その見事な無頓着《むとんじゃく》ぶりを見ては、

人は或《あ》いはあなたを見違えたかも知れない、
情婦《いろ》を手ごめにする放蕩者《ほうとうもの》だと。

澄んだ瞳《ひとみ》は早熟の炎に燃えて
ひと度成熟したらさぞかしと察せられる
大胆で正確な構造に托《たく》して
あなたは建築家としての誇《ほこり》を示された。

詩人よ、あなたの前に立つと僕らは顔色を失います。
血管の中の血を炎に代えてしまったという
サントールの肌衣《はだぎ》というのは若《も》しかすると、

*
赤坊エルキュルが揺籃《ゆりかご》の中で絞め殺したという
あの怖《おそ》ろしい、復讐心《ふくしゅうしん》の強い蝮の唾《つば》で
三度も染めて作ったものでしょうか？

註

ボードレールは、生前二度にわたって詩集『悪の華』Les Fleurs du Mal を出版している。一八五七年の初版と、一八六一年の再版がそれだ。一八六八年にも、レヴィー書店から、ゴーティエの序を添えて、第三版が発行されているが、これは詩人の死後の出版であって、ボードレールの意図以外の手加減が加えられている嫌《きら》いがあり、『悪の華』のテキストとしては好適でないとされている。

この訳詩集『悪の華』は、主としてY・G・ル・ダンテック編のプレイヤッド版（一九五一年版）のテキストに拠った。今日これが、ボードレールの意志に最も近いものであり、校合考証も最も入念精密のように思われるからである。

固有名詞、故事等の註は、今日常識に近いものは一々取り上げない方針で、読者の良識に任せることにした。ディアーヌが月の女神でナンフが水の精だ、なぞという類《たぐい》がそれだ。しかし、詩篇の味到に、有意義な鍵《かぎ》になり、手引になると思われる註解は、繁をいとわずに、詳記したが、すべて『悪の華』のクレペ編のコナール版と、ル・ダンテックのプレイヤッド全集版の註解に負うものだ。

『悪の華』〔一八六一年版〕

読者に

一八五五年六月、この詩を冒頭に他の十七篇の詩が雑誌「両世界評論」に発表された時、その総題はすでに『悪の華』となって居《お》り、次のエピグラムが添えられていた。

人は言う、厭《いや》らしい事がらは、忘却の井戸へ流すか、
墓穴へ埋めるかに限ると、
書物に悪を書き立てて、これを甦《よみがえ》らせたりすると
後世の醇風《じゅんぷう》美俗を害すると。
ところが僕は信じない、不徳の母が知識だとも、
美徳が無知の娘だとも。

テオドール・アグリッパ・ドービニェ『悲愴《ひそう》』第二巻

この引用句は詩集『悪の華』の初版（一八五七）にはまだその巻題に残っているが、再版（一八六一）には除去されている。
また第三版（一八六八）にあっては、この詩の表題は「読者に」ではなく「序」と改められて

いるが、これは多分、ボードレールの意志ではあるまいと一時は反対もあったが、その後、ボードレールが生前、二度にわたって、散文で『悪の華』の序を書きかけたことが知られ、しかもこれが初版と再版が発行された後のことだとわかるに及んで、この詩のタイトルの変更も、ともすればボードレールの意志によるものかも知れないと見られるようになってきた。

幽鬱《ゆううつ》と理想

この章には、初版の時は、七十七篇、再版の時は八十五篇（初版の時の三篇を捨て、八篇を次章に移し、十九篇の新作を追加した）、三版では九十四篇を収録している（この配列と構成は作者の意志ではあるまいとされている）。『悪の華』全巻中で、質的にも量的にも、最も重要な章であることは、疑う余地を残さない。

一 **祝禱《しゅくとう》**

初版に発表。

＊パルミール　サロモン王が建設した小アジア、シリヤの都。古代ギリシャの世にあって富強第一を誇ったが、三世紀の中葉ローマの軍勢に亡《ほろ》ぼされ、さしもの大都も廃墟《はいきょ》と化した。その遺跡は、十七世紀に発掘されたが、盛時の栄華のあとを偲《しの》ぶに足る豪華を持つ。

二 **信天翁《あほうどり》**

雑誌「フランス評論」一八五九年四月十日号に発表。

再版で収録。

この詩は、一八四二年ボードレールがモーリス島に海の旅をした際に作られたものと見られている、少なくもその時の航海中に得た印象を後日歌い上げたものであることは疑いないとされている。

ただし、第三節が追加されたのは一八五九年であって、これはシャルル・アスリノーの助言によったことが、ボードレール宛《あて》の一八五九年二月二十日付の手紙で解《わか》る。

三　**高翔《こうしょう》**
「アランソン新報」一八五七年五月十七日号に発表。

初版で収録。

四　**呼応**
初版に発表。

この詩の主題はボードレールには譜代の親しいものだ。彼はその美術評論「一八四六年のサロン」中にも、色彩と音響と香気の間の呼応を説いたホフマンの「クライスレリアナ」の一節を引用したりしている。

またこの詩の第一、第二の両節は、自分の評論文「リヒャルト・ワグネルとタンホイザー」中に引用している。

五　**(無題)**
初版に発表。

六　**燈台《とうだい》**

初版に発表。

ボードレールは、「一八五五年の万国博覧会」と題する自作の文章中に、この詩のドラクロアを歌った一節を引用している。

七　**病む詩神**

初版に発表。

八　**身売する詩神**

初版に発表。

九　**悪僧**

雑誌「議会通信」一八五一年四月九日号に「冥府《めいふ》」という総題のもとに他の十篇の詩と共に発表。《「冥府」は近代青春の精神的動揺の歴史を物語る書冊……》だと説明がついていた。初版で収録。

一八四二年又は四三年にオーギュスト・ドゾンに与えられたこの詩の原稿がある所から見て、極めて初期の一篇だとされている。

また、アンセルに宛てた手紙の中では、この詩の表題は「生きた墓」となっている。

一〇　**敵**

雑誌「両世界評論」一八五五年六月一日号に、「悪の華」なる総題下に、他の十七篇と共に発表。

初版で収録。

一一　**不運**

「両世界評論」一八五五年六月一日号に他の十七篇の詩と共に発表。

初版で収録。

この詩は他の十一篇の詩と共に、一八五二年、手紙を添えてテオフィル・ゴーティエに贈られているので、それ以前の作なることが知られる。

またこの時の詩稿は一九一七年パリのクレス出版社から Douze Poèmes de Charles Baudelaire, publiés en fac-similé sur les manuscrits originaux de l'auteur avec le texte en regard. となって複製が出版されている。

なおこの詩篇は、ほとんど全部が、ロングフェローの「人生讃歌《さんか》」"A Psalm of Life"と、トマス・グレーの「村の墓地で書いた悲歌」"Elegy written in a country church-yard"からの借物である。即《すなわ》ち、第一、第二、第五、第六行はボードレールの自作だが、第三、第四、第七、第八行と第六行の半分はロングフェローであり、最後の二聯《れん》は全部がトマス・グレーの作である。また、第四行はヒポクラテスに倣《なら》うと原稿に記入がある。

＊シジフ　ギリシャ神話のシシュフォスのフランス名。コリントの暴君。その狡智《こうち》のゆえに死後地獄に堕《お》ち、大石を山へ押し上げる労を科せられたが、石は山頂に達すれば必ず転落し彼の労苦は不断に続いた。

一二　**前生**
「両世界評論」一八五五年六月一日号に他の十七篇の詩と共に発表。

初版で収録。

この詩には、アンリ・デュパルクの作曲があって、今日よく謡《うた》われている。

一三　**旅ゆくジプシー**
初版に発表。

一八五二年の原稿によれば、表題は「ジプシーのカラヴァン」となっている。

一四　**人間と海**
雑誌「パリ評論」一八五二年十月号に発表。

初版で収録。

その時の表題は「自由人と海」となっていた。

一五　**ドン・ファン地獄へ行く**
雑誌「芸術家」一八四六年九月六日号に「悔なき人」と題して発表。

初版で収録。

エルネスト・プラロンの説によれば、一八四三年以前の作で、ボードレールの最初期の作だという。
＊石人の像　モリエール作の劇『ドン・ファン』（一名『石像の饗宴《きようえん》』）の登場人物。ドン・ファ

ンに娘を弄《もてあそ》ばれ、怒ってこれと決闘したが返り討にされたシシリア生れの騎士の立像。最後には神助によりドン・ファンを地獄へ追いやる。

一六　**慢心の罰**
「家庭雑誌」一八五〇年六月号に、「正直者の酒」(その後「酒の魂」と改題)と共に発表された時には、近刊の詩集『冥府』よりと付記されていた。

初版で収録。

一七　**美**
「フランス評論」一八五七年四月二十日号に発表。

初版で収録。

一八五七年七月十三日付でボードレールに宛てた手紙の中で、フローベルはこの詩を大そう賞《ほ》めている。

一八　**理想**
「議会通信」一八五一年四月九日号に「冥府」十一篇の一つとして発表。

初版で収録。
＊ガヴァルニ　(一八〇四―六六)。フランスの画家、風俗画家、挿絵《さしえ》画家として人気があった。
＊レデー・マクベス　シェクスピーアの悲劇『マクベス』の女主人公。夫をそそのかしてダンカン王を殺させた。
＊アエスキュロス　(西紀元前五二五―四五六)。ギリシャ三大悲劇詩人の一人。

＊『夜』　フロランスのメディチ礼拝堂に現存するミケランジェロの名作彫像。
＊巨人《チタン》の族　ギリシャ神話中の人物。「天」と「地」との間に生れた子。ジュピターに叛《そむ》き、その怒《いかり》にふれ地獄へ追いやらる。

一九　巨女
「フランス評論」一八五七年四月二十日号に発表。
初版で収録。
プラロンによれば、一八四三年以前の極めて初期の作。

二〇　仮面
雑誌「現代評論」一八五九年十一月三十日号に発表。その時は、献詞がなかった。
再版で収録。
＊エルネスト・クリストフ（一八二七―九二）。フランスの彫刻家。この詩の素材となったクリストフの作品は、一八五九年のサロンに『苦悩』と題して出品されたが、その後『人間喜劇』と改題され、現にパリのチュイルリー公園に置かれている。ボードレールは、他にも、その美術評論「一八五九年のサロン」中でこの彫刻について論じている。

二一　美への賛歌
「芸術家」一八六〇年十月十五日号に発表。
再版で収録。

二二　**異なにおい**

「アランソン新報」一八五七年五月十七日号に発表。

初版で収録。

ボードレールはその散文詩「髪の中の半球」中にもこの詩と同じ感覚を歌っている。

ジャンヌ・デュヴァル詩篇と呼びなされる詩がボードレールには二十数篇あるが、これはその一篇。

ちなみに、いわゆる「黒いヴィナス」ことジャンヌ・デュヴァルは、サント・ドミンゴに生れた黒白混血の女で、詩人は二十歳そこそこの青春の日に、当時パリのパンテオン座の下《した》っ端《ぱ》女優だった彼女と相知り、その後二十年の長きにわたって、これと同棲《どうせい》生活をつづけた。言わばこれはボードレールの宿命の女とも言うべき存在であった。色は浅黒く目鼻立は粗野で、美人というほどではなかったが、眼《め》と髪に特異なよさがあり、また甘味な愛撫《あいぶ》を持った敗頽《はいたい》的な女性であったらしい。それかあらぬか、ジャンヌ・デュヴァル詩篇には、どの一篇にも、むせかえるような強烈なこの女の体臭が感じられる。

二三　**髪**

「フランス評論」一八五九年五月二十日号に発表。

再版で収録。

ジャンヌ・デュヴァル詩篇。

二四　**(無題)**

初版に発表。

プラロンによれば一八四三年頃《ころ》の最初期の作。
ジャンヌ・デュヴァル詩篇。

二五 （無題）
初版に発表。
ジャンヌ・デュヴァル詩篇。

二六 それでも足りない
初版に発表。
ジャンヌ・デュヴァル詩篇。
表題のラテン語はジュヴェナルの詩句。
＊美酒、と訳したが原文には、au constance,……, au nuits とある。au vin de Constance,……, au vin de Nuits の意だ。ちなみにコンスタンス、ニュイは、いずれも名高い葡萄酒《ぶどうしゅ》の産地。
＊ステックス 地獄を包囲している河の名、七巻き巻いているという。
＊プロセルピーヌ ギリシャ神話。地獄の女王。

二七 （無題）
「フランス評論」一八五七年四月二十日号に発表。
初版で収録。
ジャンヌ・デュヴァル詩篇。

二八 **踊る蛇**
初版に発表。
ジャンヌ・デュヴァル詩篇。

二九 **腐肉《ふにく》**
初版に発表。
プラロンによれば一八四四年以前の初期の作。

三〇 **深淵《しんえん》より呼びぬ**
「議会通信」一八五一年四月九日号に発表。この時の表題は「ベアトリース」となっていて、「冥府」十一篇の一つ。
初版で収録。
後に「両世界評論」一八五五年六月一日号に、「悪の華」の総題下に発表された時の表題は「憂鬱」であった。
ジャンヌ・デュヴァル詩篇の一つだと見る説もあるが、否《いな》、この詩の中の《わが愛する唯一《ゆいいつ》のもの》は、サバティエ夫人だと解する主張もあり、また、それは文字通り「神」を意味するとなす者もある。

三一 **吸血鬼**
「両世界評論」一八五五年六月一日号に「悪の華」十八篇の一つとして発表。この時の表題は「ベアトリース」だった。

初版で収録。

ジャンヌ・デュヴァル詩篇。

三二　（無題）
初版に発表。

プラロンによれば最初期の作品の一つ。

この詩に出て来る「醜悪な『ユダヤ女』」のことを、ボードレールは青年時代の作、《僕の恋人は名代の牝獅子《めじし》なぞじゃない》で始まる詩で歌っている。彼女のことをボードレールは「やぶにらみ」と呼んでいたということだが、その本名はサラであったように記憶するとプラロンは言っている。

三三　死後の悔恨
「両世界評論」一八五五年六月一日号に「悪の華」十八篇の一つとして発表。

初版で収録。

ジャンヌ・デュヴァル詩篇。

三四　猫《ねこ》
「アランソン新報」一八五四年一月八日号に発表。

初版で収録。

ジャンヌ・デュヴァル詩篇と見るべきであろう。

三五　**決闘**
「芸術家」一八五八年九月十九日号に発表。

再版で収録。

たぶんジャンヌ・デュヴァル詩篇だろうと言われている。

三六　**おばしま**
「アランソン新報」一八五七年五月十七日号に発表。

初版で収録。

ジャンヌ・デュヴァル詩篇。

クロード・ドビュッシーの作曲がある。

三七　**憑《つ》かれた男**
「フランス評論」一八五九年一月二十日号に発表。

再版で収録。

原稿によると一八五八年の作。

三八　**ある幽霊**
「芸術家」一八六〇年十月十五日号に発表。

再版で収録。

ジャンヌ・デュヴァル詩篇。

この年デュヴァルはアルコールの過飲から激しいリューマチスにかかって動けなくなりデュボ

ア慈善病院に入院治療した。この詩はその不在の間の作だろうと見られている。

三九　（無題）

「フランス評論」一八五七年四月二十日号に発表。この時の表題は「ソンネ」（十四行詩）だった。

初版で収録。

ジャンヌ・デュヴァル詩篇。

四〇　相も変らず《センペル・エアデム》

「現代評論」一八六〇年五月十五日号に発表。

再版で収録。

この詩の中の《美しき好奇の女《ひと》》は、サバティエ夫人だと見る説と、マリー・ドブランだと見る説とある。

四一　彼女のなべて

「フランス評論」一八五七年四月二十日号に発表。

初版で収録。

サバティエ夫人詩篇。

ボードレールのための「白いヴィナス」なるサバティエ夫人は、ユダヤ人の富んだ銀行家モッセルマンの愛妾《あいしょう》。才色兼備の麗人。豪華なそのサロンには、当時の一流の文人、たとえば、ユーゴー、父デュマ、ゴーティエ、サント・ブーヴ、フローベル、ミュッセらが足繁《あししげ》く通ったものであった。ゴーティエは彼女をすべた扱いにしていたということだが、ボードレールはこれを偶像のように崇拝し、プラトニックな恋慕を綴《つづ》った十余篇の詩を一八五二年から五年間の永きにわたって、匿名《とくめい》の手紙と一緒に送りつづけたという殊勝さだ。この詩も日付不明の手紙の中に書き添えて贈られたもの。

四二　(無題)

初版に発表。

一八五四年二月十六日付の手紙に添えてこの詩はサバティエ夫人に贈られたもの。

ボードレールと親交のあったシャルル・バルバラは、一八五五年に発行した自作の小説『赤橋殺人事件』中に、この詩を引用しているが、作者の名は示してない。

四三　生きた炬火《たいまつ》

一八五四年二月七日付の手紙に添えてサバティエ夫人に贈られた詩だが、後に一八五七年四月二十日号の「フランス評論」に発表された。

初版で収録。

この詩の第七行と第十四行はアラン・ポーの詩「ヘレンに与う」(To Helen) の、

　They are my ministers — yet I their slave. 及び、

　Venuses, unextinguished by the sun.

とから来ている。

四四　**肩がわり**
サバティエ夫人宛《あて》の一八五三年五月三日付の手紙に添えられた詩。後に一八五五年六月一日号の「両世界評論」に他の詩篇と共に「悪の華」の総題下に発表された。

初版で収録。
＊ダビデ　イスラエルの王。紀元前十世紀。ソロモンの父。智勇《ちゆう》兼備の名君。イスラエルの黄金時代をなす。晩年に失意、王位を退いて不幸をかこった。

四五　**告白**
サバティエ夫人宛の一八五三年五月九日付の手紙に添えられた詩。後に一八五五年六月一日号の「両世界評論」に他の詩篇と共に「悪の華」の十八篇の一つとして発表された。

初版で収録。

一夜、サバティエ夫人とコンコルド広場を逍遥《しょうよう》した際の会話をもとにして作られた詩だという。

四六　**心の夜明け**
サバティエ夫人宛の一八五三年二月付の手紙に添えられた詩。後に一八五五年六月一日号の「両世界評論」に他の詩篇と共に「悪の華」の十八篇の一つとして発表された。

初版で収録。

なお手紙には、英語で次の文言が書添えられているという。

After a night of pleasure and desolation, all my soul belongs to you.

（快楽と絶望の一夜の後で私の魂はすべておん身がものです）

四七　**夕べのしらべ**
「フランス評論」一八五七年四月二十日号に発表。

初版で収録。

サバティエ夫人詩篇。

なおこの詩には、クロード・ドビュッシーと、ショーソンの作曲があって、広く謡《うた》われている。

四八　**香水の壜《びん》**
「フランス評論」一八五七年四月二十日号に発表。

初版で収録。

サバティエ夫人詩篇（?）。
＊ラザロ　新約聖書ヨハネ伝によれば、このキリストの弟子は、死後四日目に、師の法力で蘇生《そせい》して、墓穴から這《は》い出して来たという。

四九　**毒**
「フランス評論」一八五七年四月二十日号に発表。

初版で収録。

四九〜五七の九篇は、マリー・ドーブラン詩篇と言われている。

マリー・ブリュノーとも呼ばれるこの著名な女優は、詩人バンヴィルにも愛され、その作詩「紫水晶」中にも歌われている。ボードレールが一時彼女に思慕を寄せたことは疑いなく、彼女によって得たと見られる詩篇が九篇も残っている。

五〇 かげる空
初版に発表。
「毒」と同じ女性から与えられた霊感による詩。

五一 猫《ねこ》
初版に発表。
この時は再版の時のように二部に分れてはいなかった。

五二 美しき舟
初版に発表。

五三 旅へのいざない
「両世界評論」一八五五年六月一日号に「悪の華」十八篇の一つとして発表。
初版で収録。
散文詩集『パリの憂鬱《ゆううつ》』中にも同一表題の一篇がある。
アンリ・デュパルクの有名な作曲がある。日本でもよく歌われる。

五四 取返しのつかないもの
「両世界評論」一八五五年六月一日号に「悪の華」十八篇の一つとして発表。
初版で収録。
この時は、「金髪の美女に与う」という表題だった。

この詩の成った一八四七年、ポルト・サン・マルタン座では『金髪美人』という脚本が上演されたが、マリー・ドーブランはその主役を演じて好評だった。

五五 **おしゃべり**
初版に発表。

五六 **秋の歌**
「現代評論」一八五九年十一月三十日号に発表。
再版で収録。
雑誌に出た時には、「M・D・に」(マリー・ドーブランの頭文字)との献詞がついていた。
ガブリエル・フォーレの作曲がある。

五七 **あるマドンナに**
雑誌「談界」一八六〇年一月二十二日号に発表。
再版で収録。
ボードレールが愛読した十八世紀のイギリス作家ルイスの小説『僧《モンク》』の一節から暗示を得て作られたものらしいとの推察が行われている。

五八 **午後の歌**
「芸術家」一八六〇年十月十五日号に発表。
再版で収録。

五九　シジナ

「フランス評論」一八五九年四月十日号に発表。再版で収録。

＊シジナ　サバティエ夫人の友人ニエリ・シジナのためにこの詩は書かれた。

＊テロアーニュ　フランス革命当時勇名をはせた女傑（一七六二―一八一七）。「自由のアマゾン」のあだ名があった。

六〇　僕のフランシスカを賛《ほ》める歌

「芸術家」一八五七年五月十日号に発表。初版で収録。

この詩は、中世期のフランスに通用した俗化した末期のラテン語で書いてある。そして初版の時は、《博識で信心深い一人の婦人帽作りの女のために書かれた詩》というサブ・タイトルがついていて、次のノートが添えられていた。

《ラテン・デカダンスの末期時代の言語――今やすでに変形を来《きた》して、霊的生活の用意も整った、かつては強壮な健康者であった人物の、最後の溜息《ためいき》にも比較される言語が、――近代における詩の世界が理解し、感得したような情熱を表現するに不思議に適当しているという事実を、読者も僕同様に感じないだろうか？　粗野ではあるが、純粋に感覚的な詩人だったカテュルとその一派の人たちは、この磁石の一方の極なる官能だけしか知らなかったが、他の一方の極には神秘があるのだ。この驚嘆すべき言葉にあっては、文法上の誤りや、不当な語法までが、僕には、身のほども忘れて規則を軽蔑《けいべつ》する情熱の止《や》むにやまれぬ身勝手を表現しているように思われるのだ。このように、新しい意味に解釈された言葉は、ローマの美の前に跪坐《きざ》する北の蛮族の愛すべき不器用さを示している。洒落《しやれ》や地口までが、小生意気《こなまいき》なくせにろくに廻《まわ》らぬ口を突いて出るので、子供らしい野性の美を見せるではないか?》

ボードレールは、初版に収録したこの詩を、後には即興的な価値以外ないと認めた時代があった。

六一　**植民地生れのある御婦人に**

「芸術家」一八四五年五月二十五日号に発表。

初版で収録。

『悪の華』全巻中最も古い時代の作の一つで、実に作者二十歳の時の作品だという。

この詩の主題になった「植民地生れのある御婦人」は、カルナック家の出、アドルフ・オタール・ド・ブラガール夫人であって、スエズ運河の開鑿《かいさく》で有名なフェルディナン・ド・レセップス子爵《ししやく》夫人の母君に当る婦人だ。

一八四一年ボードレールはインドへ行くはずで出発した旅の途中、モーリス島でこの夫人とその夫に会って款待《かんたい》を受けている。この詩はその時の礼状中に書き添えられたものである。

六二　**憂鬱と放浪**

「両世界評論」一八五五年六月一日号に「悪の華」十八篇の一つとして発表。

初版で収録。

この詩の中に住むアガートなる女性が、判然しないため色々と憶測が行われているが、これをサバティエ夫人だとなす説が、この詩から来る感じから言って一番近いようだ。

六三 **幽霊**
初版に発表。
ジャンヌ・デュヴァル詩篇。

六四 **秋の小曲**
「現代評論」一八五九年十一月三十日号に発表。
再版で収録。
この詩の中に住むマーガレットがいかなる女性か判然しない。ル・ダンテックはたぶんマリー・ドーブラン詩篇だろうと見ているが、またゲーテの『ファウスト』に出て来るマーガレットではあるまいかと、穿《うが》った説もある。

六五 **月の悲哀**
初版に発表。
後見人アンセルに宛てた一八五〇年一月十日付のボードレールの手紙があるのでそれ以前の作だと知れる。
早く、フローベルとサント・ブーヴが激賞した詩篇の一つだ。

六六 **猫《ねこ》たち**
「海賊《コルセール》」一八四七年十一月十四日号でシャンフルリーに引用された後、「議会通信」一八五一年四月九日号に「冥府」十一篇の一つとして発表。

初版で収録。シャンフルリー作の小説『マリエット嬢物語』（一八五三）中にも引用されている。

六七　**梟《ふくろう》**

「議会通信」一八五一年四月九日号に「冥府」十一篇の一つとして発表。初版で収録。

六八　**パイプ**

初版に発表。

六九　**音楽**

初版に発表。

七〇　**墓**

初版に発表。表題が、初版の時は「墓碑」、再版では「墓」、三版では「呪《のろ》われた詩人の墓」となっている。ウルソフは三版の「呪われた」は詩人の死後、出版者による勝手な追加だろうと言っている。

七一　**ある版画の幻想**

雑誌「現在《ル・プレザン》」一八五七年十一月十五日号に発表。この時の表題は「モーティマーの版画」という表題だった。

再版で収録。

モーティマー（一七四〇―七九）は怪奇な題材を好んで扱ったイギリスの画家。

七二　**陽気な死人**
「議会通信」一八五一年四月九日号に「冥府」十一篇の一つとして発表。この時は「憂鬱」という表題だった。

初版に収録。

七三　**憎しみの樽《たる》**
「議会通信」一八五一年四月九日号に「冥府」十一篇の一つとして発表。「両世界評論」一八五五年六月一日号に「悪の華」十八篇の一つとして再掲載。

初版に収録。
＊ダナイド　ギリシャ神話。アルゴスの王ダナオスの五十人の娘たち。結婚の当夜てんでの婿《むこ》を殺したので地獄へ堕《おと》され、底のない樽で水を汲《く》み続ける罰を受けた。
＊レルヌの怪蛇《ヒドラ》　ギリシャ神話。アルゴリードの沼レルヌに棲《す》んでいた七頭の一怪蛇。七つある頭を一度に切捨てなければ、あとからあとから代りが生えて来た。この怪物を征服するのがヘラクレスの十二の事業の一つだった。

七四　**破《わ》れ鐘《がね》**
「議会通信」一八五一年四月九日号に「冥府」十一篇の一つとして発表。この時の表題は「憂鬱」となっていた。

「両世界評論」一八五五年六月一日号に、「鐘」の表題で「悪の華」十八篇の一つとして再掲載。初版で収録。

七五　**幽鬱《スプリーン》**

「議会通信」一八五一年四月九日号に「冥府」十一篇の一つとして発表。初版で収録。

表題の英語 spleen は当時フランス・ローマン主義者の間で好んで用いられた流行の新語だった。

七六　**幽鬱《スプリーン》**

初版に発表。

＊ブゥシェ　フランスの画家（一七〇三―七〇）。

七七　**幽鬱《スプリーン》**

初版に発表。

七八　**幽鬱《スプリーン》**

初版に発表。

七九　**魔攻め**

「現代評論」一八六〇年五月十五日号に発表。

再版で収録。

「現代評論」に発表された時には、第八行目の詩句に註がついていて、この詩句の源泉をなしたアイスキュロスの「プロメテ」の二行の断片がギリシャ語で示されていた。

八〇　**虚無の味**

「フランス評論」一八五九年一月二十日号に発表。

再版で収録。

八一　**苦悩の錬金術**

「芸術家」一八六〇年十月十五日号に発表。

再版で収録。

＊エルメス　ヘルメス・トリスメジスト。古代エジプトの神。錬金術の守護神。

＊ミダス　フリジヤの王。バッカスから、手に触れる悉皆《しっかい》の物を黄金に変える力を与えられたはよいが、食物さえが手にとる途端に黄金になったので困ったという。

八二　**恐怖の感応**

「芸術家」一八六〇年十月十五日号に発表。

再版で収録。

＊オヴィード　オヴィデアス。ローマの詩人(前四三―後一七)。初め皇帝オーガスタスの寵《ちょう》を受けたが、後に不可解な理由で罪せられ、流島《るとう》の刑を受け、再三の嘆願にも拘《かか》わらず、ついに赦《ゆる》されず、流謫《るたく》の地にてさびしく没した。その詩集『断腸』は流人の心境を書き綴《つづ》って、皇帝

に哀訴したものだと言われる。

八三　**われとわが身を罰する者**

「芸術家」一八五七年五月十日号に発表。

初版で収録。

この詩の表題はテレンスの喜劇『自らの死刑執行人』から、また主題はジョゼフ・ド・メーストルの『セント・ペテルスブルグの夜』から借りたものである。

*J・G・F・に　この献詞は、雑誌に発表された時にはなく、再版に収録された時に初めて付けられたものだが、何人を意味するか解《わか》っていない。『人工楽園』の Ma chère amie, で始まる序文が、同じくJ・G・F・に捧《ささ》げられているので、この人物が女性であることだけは知られる。

一九二五年一月一日号の「愛書家公報」にメリック氏が発表した、ボードレールが「両世界評論」編輯員《へんしゅういん》ヴィクトール・ド・マルスに宛《あ》てた一八五五年四月七日付の手紙によれば、どうやらこの詩は、詩人が『悪の華』のエピローグとして用いる心算《つもり》で用意した詩篇の第二部に当たる部分であるらしく、第一部には「秋の小曲」に類似の思想が歌われていたもののようだ。この詩を断章として扱った肉筆がかつて存在し、その最初には《或《あ》るいは又》と記入があったということだ（「現代評論」一八六九年八月十五日号掲載のG・ノエルの「新詩人、シャルル・ボードレール」）。

なお、この詩の最後の聯《れん》は、エドガー・アラン・ポーの詩「幽霊御殿」(The Haunted Palace) 中の、

……And laugh — but smile no more.

の模倣だ。

八四　**救いがたいもの**

「芸術家」一八五七年五月十日号に発表。

初版で収録。

この時は、二部に分ってはいなかった。

八五　**時計**

「芸術家」一八六〇年十月十五日号に発表。

再版で収録。

ポーの小説『赤き死の仮面』の影響がある詩だと言われている。

また、同じポーの詩「大鴉」のリフレン Never more を、この詩のリフレン《思い出せ!》は思い出させる。

パリ描景

この章は初版にはなかった。再版の時、初めて設けられた章で、内容は、初版の「幽鬱《ゆううつ》と理想」の章からの八篇と、新収録の十篇とを併せて「パリ描景」と題したものである。

八六　**風景**

雑誌「現　在《ル・プレザン》」一八五七年十一月十五日号に発表。

その時の表題は、「パリ風景」となっていた。

再版で収録。

作者が、革命運動から手を退《ひ》いた一八五二年以後の作だろうと見られている。

八七　**太陽**

初版に発表。

八八　**赭《あかげ》毛の乞食娘に**

初版に発表。

この作者として最も古い作品の一つとされている。クーザンの言うところによれば、一八四二年に遡《さかのぼ》るという（作者二十一歳）。一八五二年と日付のある原稿では、「赭毛の乞食娘の破れた着物」となっているという。

素材になったこの乞食娘は、ギターを弾き鳴らして、パリ市内を唄《うた》い歩き、当時の画家や詩人に関心を持たれた変った存在だったという。それかあらぬか、詩人バンヴィルに、彼女を素材とした「街の小さな歌姫に」と題するソンネがあり、また、エミル・ドロワの筆になる「ギターを弾く少女」と題する彼女の肖像も現存しているということだ。

＊ベロー　（一五二八—七七）。プレイヤッド七詩人の一人。

八九　**白鳥**
雑誌「談界」一八六〇年一月二十二日号に発表。

再版で収録。

「談界」に発表された時には、ヴィルギリュースの左の一句が題詞として添えられていた。

Falsi Simoentis ad undam.

（贋《にせ》もののシモイス川のほとりにて）
＊アンドロマック　トロイの勇将ヘクトールの美貌《びぼう》の妻。敵将ピュリスの奴隷《どれい》にされたが、その死後、ヘクトールの弟ヘレニュースと再婚した。
＊シモイス　アンドロマックの祖国の都トロイを流れていた川の名。アンドロマックが、失われた祖国の思い出をなつかしんで、掘らせたという運河。
＊カルーゼルの新広場　パリのルーヴル宮とチュイルリー公園の間にあった広場。
＊オヴィード　四三八頁《ページ》八二註参照。

九〇　**七人の老爺《ろうや》**
雑誌「現代評論」一八五九年九月十五日号に発表。

この時は「パリの幻影」なる総題下に、次の「小さく萎《しお》れた老婆《ろうば》達」と一緒に発表された。

再版で収録。

一八五九年十月一日付プーレ・マラシス宛の手紙で、ボードレールは、《僕はユーゴーに『パリの幻影』を捧げたが、実はそのうち二つ目の詩篇（「小さく萎れた老婆達」）では、ユーゴーの手法を模そうと試みた、云々《うんぬん》》

一方、この二篇の詩を贈られたユーゴーは、同年十月六日付で、後進ボードレールに一書を呈し、次のように言っている。
《……二篇の詩を捧げて貰《もら》って感謝に堪えない。君はあの人を慄然《りつぜん》たらしめる二篇を書いて、一体何を為《な》したのであろうか？　君は進んでいる、君は進みつつある。君は芸術の天に一種不気味な照射を与えた。君は新しい戦慄を創造した》
この最後の一句は殊《こと》に有名で、ボードレールの芸術を論ずる者が、今日でも必ず繰返す言葉となった。

九一　**小さく萎《しお》れた老婆《ろうば》達**

「現代評論」一八五九年九月十五日号に発表。
再版で収録。前註参照。
＊楊貴妃《ようきひ》か出雲阿国《いずものおくに》　原文はエポニーヌかライスとなっている。前者は、ゴロア人サビニュースの妻。謀叛《むほん》に失敗した夫と共に死を装って地下室にこもること九年、発覚して夫が処刑された後、皇帝を罵《ののし》りつづけ、ついに死罪に処せられた。また後者（ライス）は、古ギリシャの有名な遊び女《め》。
＊フラスカーテ　ローマ近郊の町の名。宗教の中心地だった。
＊女歌舞伎《めかぶき》　原文 Thalie《タリー》. ギリシャ神話、演劇の女神。
＊ティヴォリ　イタリアの名勝地。ローマ県にあり。群がる小瀑布《しょうばくふ》を含む付近の風光を以《も》って全欧にその名を知らる。
この篇、2の第一聯は、比較的われらの耳にも心にも遠い固有名詞が重なるので、印象が読者

の心耳にはっきりやきつかないうらみがあるやも知れないと思って、固有名詞まで訳した別訳を左に用意した。

当麻《たえま》の里の尼寺の恋に狂うた尼君か、
草葉のかげの黒子《くろこ》のみ、その名忘れぬ
女歌舞伎《めかぶき》か、花の吉野の酒うたげ
花と競《きそ》いし白拍子、いずれ思うもなつかしや！

九二　盲人たち
雑誌「芸術家」一八六〇年十月十五日号に発表。

再版で収録。

この詩を、ホフマン作のある短篇小説からの暗示によって成った一篇だと見る説がある。

九三　行きずりの女に
「芸術家」一八六〇年十月十五日号に発表。

再版で収録。

九四　耕す骸骨《がいこつ》
「談界」一八六〇年一月二十二日号に発表。

この時のテクストは二部に分れていなかった。

再版で収録。

この詩はまた、ボードレールがプーレ・マラシスに宛てた一八五九年十二月十五日付の手紙にも出ている。

九五　たそがれ時
「演劇週報《ラ・スメーヌ・テアトル》」一八五二年二月一日号に発表。

初版で収録。

この詩は、『二つの薄明』なる総題下に、後出の一〇三番「かわたれ時」と一対《いっつい》を形成していた。つまり一つが《朝の薄明》であり、他が《夕の薄明》だったわけだ。別の原稿で「大都会の二つの薄明」となっているものも現存するそうだ。

ボードレールは母に宛て、この詩は《……特にパリ風なものです……》と書き送っている。

九六　賭博《とばく》
初版に発表。

九七　死の舞踏
「現代評論」一八五九年三月十五日号に発表。「芸術家」一八六一年二月一日号に再掲。

最初の表題は「骸骨」であったことが、ボードレールが「現代評論」の主幹ド・カロンヌに宛てた一八五九年一月一日付現存の手紙で知れる。

再版で収録。
＊エルネスト・クリストフ　既出「仮面」の註参照。この彫刻家の作品から詩人はこの詩の霊感を得た。

＊アンティヌス　ローマ皇帝アドリアンが愛した美貌《びぼう》の小姓。今では美少年の代名詞とさえなっている。皇帝の命ながかれと祈って、投身自殺を遂げたという。

九八　偽りの恋

「現代評論」一八六〇年五月十五日号に発表。

一八六〇年の原稿には、表題が「装飾《デコール》」となっている。また、一八六〇年ボードレールがプーレ・マラシスに送った作者直筆の写しと、「現代評論」に掲載されたテクストには、ラシーヌの「アタリー」からの次の三行の詩句が、題詞として記されている。

それのみか、彼女はなおも、借物の脂粉の艶《つや》の手段《て》を借りて、
寄る年波の損傷の償いがたきを繕ろおうとて、
その顔に、入念に、色を塗ったり、描いたりした。

再版で収録。

九九　(無題)

初版に発表。

プラロンによれば一八四四年の作だという(作者二十三歳)。

父の死後、母が再婚するまでの短い期間を、ボードレールは、彼女と一緒にヌイイで暮したが、この詩はその当時の幼年の日の思い出を歌ったものだという。

＊ポモーヌ　ギリシャ神話。庭園と果実の女神。

一〇〇　（無題）

初版に発表。

プラロンによれば一八四四年以前の作だという。

ここに《あなた》と呼びかけられているのは、ボードレールの生母（後のオーピック夫人）であり、またこの老女中、名はマリエット。ボードレールはこの詩に歌われているような感謝の気持を終生失わずに持ちつづけ、この女中の名は、後年の手記や手簡にも度々出て来る。詩人は感想集『赤裸の心』の中にも「祈禱文《きとうぶん》」と題して次のように書いている。

《母のうちにわたくしを罰し下さるな。わたくしが悪いからとて母を罰し下さるな。――神よ、父とマリエットの霊魂をお守り下さい。――一日は一日の義務を果し、かくて偉人となり聖者となる気力をお授け下さい》

一〇一　霧と雨
初版に発表。

一〇二　パリの夢
「現代評論」一八六〇年五月十五日号に発表。
その時にはギースへの献詞は添えてなかった。但《ただ》し、この詩が最初からギースに捧《ささ》げられたものであることは、今日残存するボードレールの手紙によって明白だ。
これは、ボードレールが愛し、また、あこがれた、人工楽園的な幻想の詩だ。麻薬による陶酔境とは、このようなものであろうか？

再版で収録。

＊コンスタンタン・ギース（Constantin Guys 一八〇二―九二）。ボードレールが激賞おかなかった当時のフランスの風俗画家。

一〇三　**かわたれ時**

「演劇週報」一八五二年二月一日号に発表。

初版で収録。

プラロンによれば、一八四三年以前の作だという（作者二十二歳）。

酒

この章の収録内容は、初版以来変りがない。

一〇四　**葡萄酒《ぶどうしゅ》の魂**

「家庭雑誌」一八五〇年六月号に発表。

この時の表題は「正直者の酒」となっていて、近刊の詩集『冥府《めいふ》』よりと付記してあった。

プラロンによれば一八四三年以前の作だという。

テオドール・ド・バンヴィルの詩集『鍾乳石《しょうにゅうせき》』（一八四六）中の「葡萄酒の歌」と題する一篇の題詞として、この詩の冒頭の一句が使われている。

また『人工楽園』中の散文「葡萄酒とハシシュ」と題する一篇には、この詩とほとんど同じようなイマージュが用いられている。

一〇五　屑屋《くずや》さん達の酒

初版で発表。

プラロンによれば、一八四四年以前の作だという。

『人工楽園』中の「葡萄酒とハシシュ」との関聯《かんれん》に就いては前註参照。

＊パクトル河　リディアにあったという神話の川の名。ミダス王が浴《あ》みしたら、この川の砂はすべて砂金に変り、それ以後、砂金が採れるようになったという。

一〇六　人殺しの酒

「酒　業　報　知《レコ・デ・マルシャン・ド・ヴァン》」一八四八年に発表。

プラロンによれば、一八四三年以前の作だという。

俳優J・H・テッスランに宛《あ》てた手紙の中で、ボードレールは、『酔漢』と題する脚本の腹案に就いて語っているが、その雰囲気《ふんいき》は極めて、この詩と近似している。

ヴィリエ・ド・リラダンがこの詩に作曲して、ある会合の席上で自ら歌ったことがあるという。他にワグネルの作曲もある。

カルマン・レヴィー社の全集版では、この詩の第十二節目の enragé を enrayé と誤植したまま、すでに半世紀にわたって正誤せずに新版を出しつづけている。この版によって、原詩を読まるる人は注意されたい。

一〇七　**孤独者の酒**

初版で発表。

一〇八　**愛し合う男女の酒**

初版で発表。

悪　の　華

この章、初版の時には、全十二篇の詩が収録されていたが、再版の時には、「レスボス」、「呪《のろ》われた女達（デルフィーヌとイポリト）」、「吸血鬼の変身」の三篇がのぞかれ、全九篇となった。

一〇九　**破壊**

雑誌「両世界評論」一八五五年六月一日号に「悪の華」十八篇の一つとして発表。その時の表題は「逸楽」となっていた。

一一〇　**ある受難の女**

初版で発表。

献詞の《某画伯》が誰であるかは、推定に困難だが、ゴヤではないかと言う説がある。英国の詩人スインバーンが大そうこの詩を賞《ほ》めた（一八六二）。

一一一　**呪われた女達**
初版で発表。

一八四六年、ボードレールは自分の詩集の題名を『レスボスの女たち《レ・レスビエンヌ》』とする心算《つもり》だったと知られているが、さて、この題名を正当化するごとき女性の同性愛を歌った詩篇は、この詩と、他にこれと同題の「呪われた女達（デルフィーヌとイポリト）」及び「レスボス」（『漂着詩篇』三及び二、参照）の僅《わずか》に三篇しかないのは、奇異の感を抱かせる。

一一二　**仲のいい姉妹**
初版で発表。
ムケによれば一八四三年頃《ころ》の作だという。

一一三　**血の泉**
初版で発表。

一一四　**寓意《ぐうい》**
初版で発表。
プラロンによれば、一八四三年以前の作だという。
多分、ジャンヌ・デュヴァルがモデルだろうと言われている。

一一五　**ベアトリス**
初版で発表。

前篇と同じく、やはりジャンヌ・デュヴァルがモデルだろうと言われている。

一一六　**シテールへのある旅**

「両世界評論」一八五五年六月一日号に「悪の華」十八篇の一つとして発表。

その時の表題は、「シテールへの旅」となっていた。

一八五二年の草稿の余白には、作者の註が残されている。

曰《いわ》く、《この詩篇の出発点は、雑誌「芸術家」に載った、ジェラール・ド・ネルヴァルの数行だが、あれをもう一度、探し出したいものだ》

このネルヴァルの文章は、彼の「東方紀行」の第二章にある。

以前、一度競売に出たことのあるこの詩の原稿には、ネルヴァルへの献詞がついていたという。

初版で収録。

一一七　**愛の神と髑髏《どくろ》**

「両世界評論」一八五五年六月一日号に「悪の華」十八篇の一つとして発表。

ヴァン・ベヴェルによれば、この詩のモチフとなったのは、オランダの画家アンリ・ゴルジウス（一五五八―一六一六）作の二葉のエッチングだという。

初版で収録。

叛《はん》　逆《ぎゃく》

初版の時、この章には、次のノートが付けられていたが、その後の版から、これは削られた。

《以下の詩篇のうち、最も特質的な一篇は、すでにパリの主要な文芸雑誌の一つに掲載され(「パリ評論」が「聖ペテロの否認」を掲載した)、其処《そこ》では、少くも世の心ある人々からは、その真実の姿以外のものとしては認識されずにしまった、即《すなわ》ちそれは、無知と憤激の論証の筋道を模写したものと見なされたのだった。自己の苦悩のプログラムを忠実に実行しつつある『悪の華』の著者は、ここでも又、完全な俳優としての役を果すためには、自己の精神を、あらゆる頽《たい》廃《はい》とあらゆる詭《き》弁《べん》に対して、慣らす必要があったのだと言い添えて置こう。こんな素直な告白をしたところで、たぶん、公正な世の批評家達が、この詩人を、民間神学者の列に加えることも、また、われらの救い主なるイエス・キリストに対し、自ら進んでなし給《たも》うたあの永遠の犠牲に対して、むしろ征服者としての役割を、平等主義をふりかざし侵略を行うアッチラのごとき役割を、演じ給わなかったことをこの詩人が残念がったという点を非難する邪魔にはならないはずだ。たぶん、一人ならずの者どもが、天に向って、パリサイ人につきものの感謝の祈りを捧げるはずだ、「神さま、私をあの忌《いま》わしい詩人と似ないものになさって下さったことを、感謝いたします」などとぬかして》

一一八　聖ペテロの否認

雑誌「パリ評論」一八五二年十月号に発表。
初版で収録。

この詩は、一八五七年『悪の華』が起訴された時、宗教冒瀆《ぼうとく》の罪に問われたが、裁判の結果、削除はされずに済んだ。ボードレールの死後、生母オーピック夫人は、この詩を『悪の華』第三版には収録しないようにと、アスリノーに嘆願したが遂《つい》に容れられなかった。

＊聖ペテロの否認　聖ペテロが、伴《いつわ》って自らイエスの弟子たることを否認した事件に就いては、新約聖書マタイ伝第二十六章、及びヨハネ伝第十八章参照。

一一九　アベルとカイン

初版に発表。

この時は、二部に分れてはいなかった。

＊アベルとカイン　旧約聖書創世記第四章参照。

一二〇　悪魔への連禱《れんとう》

初版に発表。

この時には、最後の六行の前に今あるような《祈り》の文字はなく、単に一行分の空白《あき》があるのみだった。またある初版本に、ここに《頌歌《しょうか》》と一度記入し、それを消して《祈り》と改めたボードレールの筆蹟《ひっせき》の残っているものが現存している。

死

初版の時は、この章は全三篇から成っていたが、再版の時に、最後の三篇が追加され、全六篇となった。

一二一　**愛し合う男女の死**
雑誌「議会通信」一八五一年四月九日号に「冥府」十一篇の一つとして発表。ヴィリエ・ド・リラダン、クロード・ドビュッシー、ショーソンの作曲がある。

一二二　**貧しい人たちの死**
初版で発表。
一八五二年の原稿には、表題が、単に「死」となっている。
モーリス・ロリナの作曲がある。

一二三　**芸術家の死**
「議会通信」一八五一年四月九日号に「冥府」十一篇の一つとして発表。

この詩の第三聯の第三行目に se martelant とあるべきところがカルマン・レヴィー版の『悪の華』では te martelant と誤植され、これまた半世紀以来正誤されずに残っている。念為《ねんのため》。

一二四　**一日の終り**
再版で発表。
散文詩「夕べの薄明」と共通なモチフが多分に含まれている。

一二五　ある物好き男の夢

雑誌「現代評論」一八六〇年五月十五日号に発表。再版で収録。

＊F・N・に　フェリックス・ナダールに、と読んで下さい。このボードレールの友であり、また、写真師、気球操縦者を兼ねたフランスの文学者（一八二〇—一九一〇）は一種の奇人であった。

一二六　旅

雑誌「フランス評論」一八五九年四月十日号に発表。再版で収録。

『悪の華』集中の最長篇である。

一八五九年、ボードレールは、オンフルールに母を訪ね、休養を兼ねた滞在中に、この詩を作ったという。

＊マクシム・デュ・カン　ボードレールの友人、旅行家、文学者、進歩主義者（一八二二—一八九四）。ボードレールは、友人アスリノーに宛て、一八五九年二月二十日付の手紙に、《僕はマクシム・デュ・カンに捧げた長い詩を作ったが、これは自然を、そして特に進歩の思想を愛好する者を戦慄《せんりつ》させるものだ》とある。

＊星占い　ポーの短篇小説『リジア』参照。この小説の主人公は、恋人リジアの瞳《ひとみ》を双子座の星と見立て、自分を星占いと見立てている。

＊シルセ　ホーマー作『オデッセー』参照。女魔法使シルセは、自分の島へ来たユリシスを引留めたいのでその舟子達に魔法の酒を飲ませて豚に変えてしまう。

＊ピラド　ギリシャ神話中の人物、オレストの友にしてその姉エレクトルの夫。次項参照。友愛の人称化。

＊エレクトル　オレストの姉、オレストの親友ピラドの妻となる。

『漂着詩篇』〔一八六六年〕

『漂着詩篇』の初版には、「刊行者のはしがき」と題する無署名の次の文章が掲げられていたが、これは実はボードレール自身の筆になるものだった。曰く、

《この詩集は、大体、禁断詩篇と未発表詩篇とから成っているが、それらはいずれも、シャルル・ボードレール氏が『悪の華』の決定版に収録すべきだと信じなかった詩篇である。

　これがこの集の題名を説明してくれる。

シャルル・ボードレール氏は、これらの詩篇を、無条件である友人に贈ったが、その友人は、これは出版すべきものだと判断した、理由は彼にはこれらの詩篇の興趣を味解し得るというのが自慢であり、また彼が年齢的に自ら同好の士と信じる人達と、自分の感情を頒《わか》ち合って快となしたい時期にあるからでもある。

　著者は、およそ二百六十名と予想される、フランス全国に今日存在する文学作品の読者と同時

に、この出版について告知されるはずだ、——彼の篤志《とくし》の出版者の信ずるところでは、彼の野獣どもが人間から言葉の自由を奪い取った時以来、これ以上の読者があろうとは思えないのである》

一　浪曼派《ろうまん》の落日

雑誌「広小路《ブールヴァール》」一八六二年一月十二日号に発表。

『漂着詩篇』の原本にあっては、この詩に次のような「刊行者のノート」が付いていた。曰く、《Genus irritabile vatum（詩人という神経過敏な人種）という言葉の存在は、古典派と浪曼派、現実派と美辞麗句派、等々の間の論争より幾世紀も以前のものだと心得て然《しか》るべきだ……。この詩篇の中で、シャルル・ボードレール氏が、「さからい難い夜」なる言葉で、文学の現状を言おうとしたこと、及び、「意外な蟇《がま》」「冷たい蛞蝓《なめくじ》」と呼ばれているものが、自分と流派を異にする作家らであることは明白だ。

このソンネは、一八六二年、シャルル・アスリノーの著書『浪曼派の小書架よりの雑文集』のエピローグとして作られたものであった。ちなみにこの書のプロローグには、テオドール・ド・バンヴィル作のソンネ「浪曼派の日の出」が用いられる予定であった》ソンネ「浪曼派の落日」は、対話体をなしていることを書添えておく。

『悪の華』（初版）より削除された禁断詩篇

二　レスボス

ジュリアン・ルメール編の詞華集『恋愛詩人』（一八五〇）に発表。

なお『漂着詩篇』の原本には、次の「刊行者のノート」が付いている。曰く、《本篇と、それに続く五篇とは、一八五七年、軽罪裁判所に於《お》いて禁断の刑に処された詩篇である、ために『悪の華』の中には再録し得ないのである》

＊レスボス　ギリシャ多島海にある島の名、ミチレーヌ島。昔、女の同性愛が旺《さか》んに行われた土地として、今日でも「レスビエンヌ」の名でこれを行う女性の普通名詞としてその名をとどめている。ちなみに、ボードレールが一時、詩集『悪の華』を、『レスボスの女たち』という表題にしようと考えていたことは先に書いた。

＊絶世の美女、と訳したが、原文には、フリネとある。これはその美しさのゆえに艶名《えんめい》を謳《うた》われたギリシャの遊君の名。美女の同義語。

＊パフォス　地中海キプロス島の古名。ヴィナスを祀《まつ》った神殿があるので有名。

＊サフォー　紀元前七世紀末から六世紀にかけての古ギリシャ第一の女詩人。レスボス島に生れ、女弟子某と同性愛の深間にあったとか、美青年ファオンとの恋に破れて、ルカート岬《みさき》から海に投じて果てたなぞいう伝説がある。

＊ルカートの岬角《こうかく》　レスボス島の岬角。伝説はサフォーをここから投身させている。

三　**呪われた女達（デルフィーヌとイポリト）**

初版で発表。

一八五七年、軽罪裁判所で処罰された六篇のうちの一篇。

＊ウメニード　ギリシャ神話、憎悪《ぞうお》の女神。

四　忘却の河
初版で発表。
一八五七年、軽罪裁判所で処罰された六篇のうちの一篇。
ジャンヌ・デュヴァル詩篇。

五　陽気過ぎる女に
初版で発表。
一八五七年、軽罪裁判所で処罰された六篇のうちの一篇。
一八五二年十二月九日付でサバティエ夫人に宛《あ》てた匿名《とくめい》の艶書に書添えられた詩篇。
なお『漂着詩篇』の原本には、次の「刊行者のノート」がある。曰く、
《裁判官は、この詩の最後の二聯《れん》に、残虐《ざんぎゃく》且つ猥褻《わいせつ》な意味が見出《みいだ》せると信じた。あの詩集本来の厳粛な性質はそのような「冗談気分」は許すべくもないものなのに、スプリーン若《も》しくはメランコリーの意味に用いられた「毒」という言葉は、刑法学者諸君にとっては、難解にすぎたらしい。毒を梅毒と解釈した彼らの良心よ、悩め！》
サント・ブーヴはこの詩を愛誦《あいしょう》し、『ギリシャ詞華集』中の最上の美花に優るとも劣らぬと礼《らい》賛《さん》した。

六　宝玉
初版で発表。
一八五七年、軽罪裁判所で処罰された六篇のうちの一篇。

ジャンヌ・デュヴァル詩篇。
*アンチオープ　ギリシャ神話。アマゾーヌ達の女王、ヘラクレスに敗る。テセの妻となり、イポリトを生む。眠っている間に、サティルに化けたゼウスに誘惑された。

七　**吸血鬼の転身**
初版で発表。

一八五七年、軽罪裁判所で処罰された六篇のうちの一篇。

ジャンヌ・デュヴァル詩篇。

一八五二年の原稿では、表題は「肉欲の革嚢《かわぶくろ》」となっている。

ルミー・ド・グールモンは、その著『文学散歩』中で、この詩を、ラシーヌ作『アタリー』の「夢の場《ソンジュ》」との類似を指摘しているが、このゆかりは否《いな》み難い事実のようだ。

慇《いん》　懃《ぎん》

八　**噴水**
雑誌「小評論」一八六五年七月八日号に発表。
一八五三年以前の作だという。
「小評論」に掲載された時には、ルフラン（畳句）が次のようになっていた。
　月かげにすきとおり
　　花と咲き

打ちゆれる
　水の花束
夕立の雨と似て
　涙をふらす。

クロード・ドビュッシーはこのルフランによって、作曲している。他にもロリナの作曲がある。ボードレールは、その著『ロマンティック芸術』中に歌謡詩人ピエール・デュポンを論じた文章中に、この詩人の「水上散策」と題する詩を引用しているが、この「噴水」は非常にこの歌謡詩人のその作との類似を見せている。

九　ベルトの眼《め》

雑誌「新評論」一八六四年三月一日号に発表。

＊ベルト　ボードレールがベルギー滞在中に知った娘さん。ボードレールは一時この娘さんを養女にする心算《つもり》でいたらしい。ボードレールが描いたベルトの像の下部に残る詩人の筆蹟には「わが娘《こ》」なる文字にアンダーラインされている。この文献は、一九〇四年、ラ・プリュム社とドマン社が共同で出版したフェリ・ゴーティエ著の『シャルル・ボードレール』中に復刻されている。

また、散文詩「スープと雲」はこの娘に捧《ささ》げてある。

一〇　賛歌

雑誌「現在」一八五七年十一月十五日号に発表。

一八五四年五月八日付匿名の艶書に添えてサバティエ夫人に贈った詩篇。

ガブリエル・フォーレの作曲がある。

一一　**ある顔の約束**

『十九世紀高踏派新諷刺《ふうし》詩集』一八六六年に発表。

たぶんジャンヌ・デュヴァル詩篇だろうと言われている。

一二　**怪物**

ジャンヌ・デュヴァル詩篇。

散文詩「名馬」参照。

『漂着詩篇』の原本には、次の「刊行者のノート」が添えてあった。曰《いわ》く、第五聯の第四行目、《これは塩《しょ》っぱい駄洒落《だじゃれ》だ！　僕らはそれに対して「洒落は言わない」ことにする》

第九聯の第四行目、《これは、たぶん、この御婦人の「隊商」に備わるある特質に対する諷刺であろう》

《プレヴォ・パラドル氏なら、彼女は火山の上で踊っていたと言ったかもしれない》

第十三聯第四行目、《黒ミサの「とり行われている際」の意味だ。なんとこれらの詩人達が迷信深いことか！》

＊ヴイヨ　ルイ・フランソワ・ヴイヨ（一八一三―八三）。熱心なカトリック教徒、ドラクロアと親交のあった美術批評家。「平和新聞」の寄稿家。

一三　僕のフランシスカを賛《ほ》める歌
「幽鬱《ゆううつ》と理想」六〇番として既出。

題詠

一四　オノレ・ドーミエ氏の肖像に寄せた詩篇
『近代戯画史』（一八六五、シャンフルリー著）に発表。

『漂着詩篇』の原本には、次の「刊行者のノート」が添えてあった。曰く、《この詩は、パスカル氏の見事な出来栄《できばえ》のメダイヨンに基いて刻《ほ》られ、シャンフルリー氏がその著『近代戯画史』第二巻中に復刻したドーミエ氏の肖像のために（一八六五年五月二十六日に）書かれたものである。ついでに言っておくが書中、この著者はその持前の熱情的な理性を傾けてこの漫画家を極めて正当に評価している》
＊オノレ・ドーミエ　フランスの有名な諷刺画家（一八〇八—七九）。
＊アレクト　ギリシャ神話。人間の罪を罰する憎悪《ぞうお》の女神。
＊メルモス　アイルランドの小説家マテューリン（一七八二—一八二四）作の『放浪者メルモス』の主人公。悪魔に魂を売り渡したとやら。

一五　ローラ・ド・ヴァランス
第三版にあっては、この四行詩は、傍題として、《エドワール・マネの画（ルーヴル美術館所蔵）に題す》と記されている。

『漂着詩篇』の原本には、次の「刊行者のノート」が添えてあった。曰く、《この詩は、エドワール・マネ氏の作になるスペインのバレリーナ、マドモアゼル・ローラの素晴らしい肖像画の画賛として作られたものである。この肖像画もこの画家の他のあらゆる作品の例に洩《も》れず、世の物議を醸《かも》した。ボードレール氏の詩神は、一般に極めて怪しいと見られているので、居酒屋の批評家達の仲間には、「ばら色と黒の宝玉」と言う言葉から猥褻な意味をごていねいに引出した者まであったほどだ。僕らの見るところでは、詩人は単に、「ばら色と黒」という組合せによって、暗さと同時に狂おしさのある、ある種の美、ある種の性格を表わそうとしたに他ならないと》

＊ローラ・ド・ヴァランス　一八六二年パリに来演したスペイン舞踊団の舞姫。マネは、その時、彼女をモデルにあの傑作をなした。

一六　『獄中のタッソー』に題す

「新評論」一八六四年三月一日号に発表。

肉筆原稿の日付は一八四四年二月。

ドラクロアのこのタブローは、一八三九年に描かれ、同年のサロンに出品して落選、四四年、新年慈善市展覧会に出品された。

＊タッソー　トルカート・タッソー（一五四四―九五）。イタリアの有名な詩人。ソレントに生れ、不朽の傑作、譚詩《たんし》「エルサレム解放」を残した。自負心の強い性格に、かてて加えて、イタリア諸侯の忘恩的行為の犠牲となり、末年は不幸であった。ゲーテの戯曲中の最大傑作と見られている『タッソー』は、この詩人の生涯《しょうがい》に取材している。バイロンにもまた「タッソーの悲嘆」と題する一作がある。

雑　篇

一七　**声**

雑誌「現代評論」一八六一年三月十八日号に発表。

一八　**意外なこと**

雑誌「広小路」一八六三年一月二十五日号に発表。

その時は、《わが友、J・バルベイ・ドールヴィリーに》と献詞があった、そして全篇が三つに区分されていた、即《すなわ》ち1は第一聯から第五聯まで、2は第六聯から第十一聯の第二行まで、3はそれ以下となっていた。

『漂着詩篇』の原本には、次の二つの「刊行者のノート」がついていた。

《ここに於いて、『悪の華』の著者は、「永生」にその心を向けるに到《いた》った。

《最後がこう成ることは解《わか》っていた。

《すべてのほやほやの改宗者同様、彼が極めて厳格で狂信的な点に注意すべきだ》

第六聯第四行目と第七聯第二行日の詩句について、《ミサと尻《しり》については、……ミシュレ著の『魔法使いの女』、シャルル・ルアンドル著の『悪魔の研究』、エリファス・レヴィ著の『魔術範典』及び、その他、魔法、悪魔学、悪魔の典礼に関するあらゆる著書を参照すること》

＊アルパゴン　モリエール作の喜劇『守銭奴』の主人公。吝嗇漢《りんしょくかん》の典型。

＊セリメーヌ　モリエール作の喜劇『人間嫌い《にんげんぎらい》』の主人公アルセストの恋人。美しく、若く、コ

ケットで、浅はかで、口がわるくて、機智《きち》に富む女の典型。

一九　**あがない**

雑誌「現在」一八五七年十一月十五日号に発表。

フォーレの作曲がある。

二〇　**マラバル生れの女に**

雑誌「芸術家」一八四六年十二月十三日号に「あるインド女に」と題して発表。

その時の署名は、ピエール・フェイエスだった。

この詩の素材になったマラバル生れの女は、後出「浮世はなれて」と同じく、作者がモーリス島へ旅行した時に会ったオタール・ド・ブラガール夫人の下婢《かひ》だろうと言われている。
＊マラバル　インドの西海岸一帯の呼称。

戯作

二一　**アミナ・ボシェッティの初舞台を歌う**

雑誌「小評論」一八六五年五月十三日号に発表。
＊アミナ・ボシェッティ　一八六四年、ブリュッセルのモネー劇場にデビューしたバレリーナ。
＊斉東野人《ウエルシュ》　Welche はドイツ語。外国人を軽蔑《けいべつ》して呼ぶ時に使われる。この詩にあっては、ボードレールが大嫌いだったベルギー人のことである。

＊「野菜の山」Montagne-aux-Herbes-Potagères は、ブリュッセル市の中心近い高みにある町名。意味を訳したら「菜根山町」とでもなろうか。以前はここが悪所だった。

二二　**ウジェーヌ・フロマンタン氏に**

一九一七年ファスケル出版社発行、ジャック・マドレーヌ氏編の『悪の華』巻中に出ているこの詩の原稿の写真版には、次の献詞が読まれる。

フロマンタン氏に（抹殺《まっさつ》）。この表題に続く数行もまた抹殺されているが、次の文言が読み取れる、《フロマンタンの、ドービニーの、フラオーの、アルピニーの、コローの、その他あらゆる知名人の友なりと自称する、初対面にも拘《かか》わらず、僕を三時間半も料亭グローブに引留めて、身上話を聴かせてくれたうるさい男について》次いで、表題の下に「あるうるさい男に就いて」とあり、これは消されていない。そして、第十一聯の「この怪物、名はバストーニュ」とある所の、人名を、ブーローニュ、コローニュなどとした推敲《すいこう》のあとが読みとれる。

『漂着詩篇』の原本には、第六聯第四行について、次のような「刊行者のノート」がついていた。曰く、

《ニボワイエ氏がなんでこんなところへ顔を出すのか、刊行者は知らない。ただし、ボードレール氏は脚韻に追いまわされる奴隷《どれい》ではないのだから、われらは、この「うるさい男」がニボワイエ氏の作品を読んだということを、自分の忍耐力の自慢として語ったものと解すべきであろう》

＊ウジェーヌ・フロマンタン（一八二〇—七六）。画家にして小説家。今日なお心理小説の傑作と見られている『ドミニック』の著者。

＊コロー（一七九六—一八七五）。深く自然を愛したフランスの風景画家。

＊オップノール（一六七二—一七四二）。フランスの建築家、室内装飾家、造園家。

＊リュザルシュ（十二世紀の終りの頃《ころ》生れて、一二二三年に死歿《しぼつ》）。フランスの建築家、パリの美化に力を致《いた》したのと、アミアンの本寺を設計したので有名。
＊ニボワイエ　架空の人物らしい。
＊一八六五年には、パリにコレラが流行した。

二三　ふざけた居酒屋

『漂着詩篇』の原本には、次のような「刊行者のノート」が添えられていた。曰く、
《この悪意は、隠そうとしても明白だ、モンスレ氏が、艶《つや》っぽいこと、陽気なことを熱愛すると公言していられるのは天下周知の事実なので。――ある日、モンスレ氏は、ボードレール氏が、鳥の群に啄《ついば》まれている絞刑者《こうけいしゃ》を歌って、次の忌《い》まわしい句をなしたことを非難した、

　太股《ふともも》のあたりまで重たげな臓腑《はらわた》が流れ出してた。


《でも（と、詩人はいきり立って答えたものだ）僕には、こうしか書けなかったのだ。主題がそれをさせたのだ。このイマージュに代る何を君なら望むだろうか？　――すると、モンスレ氏が答えたものだ。「ばらの一輪！」と。

《ところが、氏にも時折、どうにもならない憂愁があって、アナクレオンぶった見せかけの下からのぞかないとは限らない。最近、彼の筆に成った随筆で、この詩人が、ある乞食女につれなくしたことに気がさして、その女を探し廻《まわ》ったが、ついに見つからず、さびしがりながら就寝するという風なのがあった。これなんか、腹が空《す》いてもひもじゅうない真の多感の人にふさわしいものだ。

《それにつけても、残念なのは、モンスレ氏がもっとたびたび、その持前の抒情《じょじょう》的な気質に身を

任せようとはせずに、多少わざとらしいところのあるあの陽気さに、邪魔され勝ちなことだ》
＊ユックル　当時はブリュッセル市の郊外だったが、今では市内になっている。
＊モンスレ　シャルル・モンスレ（一八二五—八八）。才華を謳《うた》われた当時の文学者、食通、ダンディとしても有名だった。

『悪の華』補遺（一八六六年、一八六八年）

『新悪の華』（一八六六年）

一　**真夜中の反省**
雑誌「広小路」一八六三年二月一日号に発表。
その時は、四行八聯《れん》に分れ、《わがすべての友に》と献詞がついていた。
散文詩「朝の一時に」と関聯がある。

二　**ある禁断の書のための題詞**
雑誌「ヨーロッパ評論」一八六一年九月十五日号に発表。

ボードレールはこの詩を『悪の華』再版の序にする心算《つもり》だったらしく、はっきりそのことを記入した肉筆原稿の写真複製が、雑誌「筆蹟《ひっせき》」一八六五年一月一日号に出ている。

三　悲しい恋歌

「滑稽雑誌《ルヴュー・ファンテジスト》」一八六一年五月十五日号に発表。

たぶん、ジャンヌ・デュヴァル詩篇だろうと言われている。

四　警告者

「ヨーロッパ評論」一八六一年九月十五日号に発表。

五　叛逆者《はんぎゃくしゃ》

「ヨーロッパ評論」一八六一年九月十五日号に発表。

プラロンによれば、一八四三年以前の作だという。

六　浮世はなれて

雑誌「新評論」一八六四年三月一日号に発表。

一八五九年には、この詩の表題は、「ドロテ」というのだったかも知れない。理由は、一八五九年十二月十五日付で、ボードレールが自分の出版者なるプーレ・マラシスに宛《あ》てた手紙に、『悪の華』第二版のための新作詩篇を送ると告げて、《「ドロテ」（モーリス島の思い出だが）が仕上ったら……》と、言っているからだ。

ともすると、モデルは「マラバル生れの女に」と同一人かも知れない。

七　沈思

「ヨーロッパ評論」一八六一年十一月一日号に発表。

八　深淵《しんえん》

雑誌「芸術家」一八六二年三月一日号に発表。

この時は、テオフィル・ゴーティエに捧《ささ》げられていた。

九　あるイカルスの嘆き

「広小路」一八六二年十二月二十八日号に発表。

この時は題詞として、トーマス・グレーの四行詩がつけてあった。この詩はすでに、ボードレールがその作「不運」の末段にも借用しているものだ。

＊イカルス　ギリシャ神話。イカルスはデダルスの子。父と共にクレタ島の迷宮より逃げ出すのに、蠟《ろう》で身に付着させた鳥の翼によったまではよかったが、あまりに太陽に近づいたがため、蠟は熔《と》け、翼は体を離れ、彼は海中に墜落した。身のほど知らぬ野心ゆえに、その身を亡《ほろ》ぼすものに、イカルスは譬《たと》えられる。

一〇　蓋《ふた》

「広小路」一八六二年一月十二日号に発表。

作者の死後の版（第三版）に増補された詩篇〔一八六八年〕

一一　**平和のパイプ**
雑誌「現代評論」一八六一年二月二十八日号に発表。

ロングフェローの長篇叙事詩「ハイサワの歌」の一挿話《そうわ》「平和のパイプ」を飜案した作品。アメリカの作曲家ロバート・ステペルの依頼によって作られた。

一二　**ある異教徒の祈り**
雑誌「ヨーロッパ評論」一八六一年九月十五日号に発表。

第一聯第四行目、《女神よ、……この願いをきき容《い》れてくれ！》は、Diva! supplíciem exaudi! と、ラテン語になっている。

一三　**機嫌《きげん》を損じた月**
「芸術家」一八六二年三月一日号に発表。

最後の一聯はボードレールの母がモデルになっている。それゆえに、詩人はこれが母の目にふれるを怖《おそ》れて、第二版に収録することを遠慮したものだと言われている。

一四　**テオドール・ド・バンヴィルに**
著者の死後の版（第三版）にあって、唯一《ゆいいつ》の完全な未発表詩篇は、この詩篇がただ一篇あるのみだ。

この詩は、一八四二年に出版されたバンヴィルの詩集『人像柱《カリアチード》』に感動した若きボードレールの賛辞である。

＊テオドール・ド・バンヴィル（一八二三―九一）。フランス高踏派の詩人。

＊赤坊エルキュル　ギリシャ神話。剛力無双の英雄、力の同義語。幼時、揺籃《ゆりかご》の中にいて二頭の蛇《へび》を絞め殺した。

ボードレール年譜

〈一八二一年出生より一八六七年死歿《しぼつ》に至る〉

一八二一年（文政四年）
シャルル＝ピエル・ボードレール（Charles-Pierre Baudelaire）生る。パリ、四月九日。父はジョゼフ＝フランソワ・ボードレール、当時六十二歳、母はカロリーヌ・アルシンボール・デュフェイ、当時二十八歳。

一八二七年（文政十年、六歳）
父ジョゼフ＝フランソワ死去（二月、享年《きようねん》六十八歳）

一八二八年（文政十一年、九歳）
十一月、母カロリーヌ（三十五歳）陸軍少佐ジャック・オーピック（三十九歳）と再婚す。

一八三二年（天保《てんぽう》三年、十一歳）
義父オーピック氏の転任により母と共にリヨンに移住。
パンション・ドロルム（私塾）に寄宿し、リヨン市ロワイヤル中学に転入す。

一八三六年（天保七年、十五歳）
義父オーピック氏の転任により母と共にパリに移り、ルイ・ル・グラン中学に寄宿生として転入す。

一八三九年（天保十年、十八歳）
ルイ・ル・グラン中学より放校処分に処せらる。八月、大学入学資格試験《バカロレア》に合格す。この頃《ころ》より、当時の若い文学者、ネルヴァル、フイエ、ルコント・ド・リールらとの交遊始まる。淋病にかかる。

一八四一年（天保十二年、二十歳）
義父オーピック氏を中心の親族会議の決議によりインド行き遠洋航路の汽船にほとんど強制的に乗船せしめらる。放蕩《ほうとう》無頼なるパリ生活に、かくして休止符を打たしめんとの配慮なり。ボルドーより乗船す。

一八四二年（天保十三年、二十一歳）
航海の途中、アフリカ東岸のモーリス島より引きかえし再びパリ生活をつづく。四月、成人に達したため、実父の巨額の遺産を相続す。パリ市内セーヌ河の中島、サン・ルイ島に部屋を借りる。翌年には同島のホテル・ピモダに蟠居《ばんきょ》し、そのいわゆる美的生活の豪華を誇る。「黒色のヴィナス」の艶名《えんめい》を謳《うた》われし混血の女優ジャンヌ・デュヴァルを識《し》る（関係はその後十年ほど続く）。遺産の大半をたちまちにして蕩尽す。

一八四四年（弘化《こうか》元年、二十三歳）
両親の申し立てにより浪費の故《ゆえ》をもって準禁治産者と認められ、亡父の遺産管理を法定後見人の手に委《ゆだ》ねしめらる。

一八四五年（弘化二年、二十四歳）
絵画批評の小冊子『一八四五年のサロン』（全一冊七十二頁《ページ》）を出版す。六月、自殺未遂。

一八四六年（弘化三年、二十五歳）
『一八四六年のサロン』出版。

一八四七年（弘化四年、二十六歳）
プルードンらと結び急進的政治的運動に乗り出す。

一八四八年（嘉永《かえい》元年、二十七歳）
二月革命に加担、「ル・サリュ・ピュブリック」紙を発刊し、政府攻撃の筆陣を張る。ポーの小説を飜訳し始む。ヨーロッパ初の本格的ポー論『エドガー・アラン・ポオ、その生涯と作品』を発表。

一八五〇年（嘉永三年、二十九歳）
後の『悪の華』収録の諸詩篇ほぼこの年までに完成す。

一八五一年（嘉永四年、三十歳）
ルイ・ナポレオンのクーデタの後、政治熱冷却し、気を新たにして文筆にいそしむ。

一八五二年（嘉永五年、三十一歳）
サバティエ夫人のサロンに出入し始む。またしきりに文芸美術の批評に筆をふるう。

一八五六年（安政三年、三十五歳）
ポーの短篇小説集『珍奇譚《ちんきたん》』を飜訳出版す。詩集『悪の華』の出版契約をプーレ・マラシスと結ぶ。

一八五七年（安政四年、三十六歳）
ポーの短篇小説集『新珍奇譚』を飜訳出版す。詩集『悪の華』出版。風紀問題に問われ収録の詩篇のうち六篇の削除を命ぜられたる上、ボードレールは三百フラン、出版者プーレ・マラシスは百フランの罰金を科せらる。この年あたりより散文詩の創作を始む。義父オーピック将軍死去。

一八五八年（安政五年、三十七歳）
ポーの小説『アーサ・ゴードン・ピムの冒険』を飜訳出版す。

一八五九年（安政六年、三十八歳）

『テオフィル・ゴーティエ論』を出版す。

一八六〇年（万延元年、三十九歳）
『人工楽園』出版。生活窮乏。

一八六一年（文久元年、四十歳）
情人ジャンヌ・デュヴァルと別れ、久しく義絶の母と和解。窮乏続く。『悪の華』増補再出版成る。アカデミー・フランセーズ会員に立候補。

一八六二年（文久二年、四十一歳）
アカデミー・フランセーズ会員立候補を半途に断念。健康衰う、神経衰弱の徴候あきらかとなる。

一八六三年（文久三年、四十二歳）
ポーの『ユリイカ』を飜訳出版す。

一八六四年（元治《げんじ》元年、四十三歳）
生活革命を決意し、ベルギーの首府ブリュッセルに移る。生活上の不如意《ふにょい》はベルギー人を憎悪《ぞうお》する心境を醸《かも》す。

一八六五年（慶応元年、四十四歳）

病苦と窮乏の間にあって、なおも散文詩の推敲《すいこう》につとむ。故国に残せし老母を思うの情極まる。ポーの短篇小説集『虚実譚』を飜訳出版す。

一八六六年（慶応二年、四十五歳）
三月、友人なる版画家フィリシアン・ロップス及び出版者プーレ・マラシスと連れ立ち古寺巡見にナミュール市に遊び、聖ルー寺院を見物中卒倒、脳神経の異状を示す。失語症。老母急報に接してパリより来着、七月伴われてパリに帰り、ドーム街の病院に入院す。

一八六七年（慶応三年、四十六歳）
八月三十一日、ボードレール死去。パリなるモンパルナス墓地に埋葬す。

一八六八年（明治元年）
ミッシェル・レヴィー社よりボードレール全集（第一巻『悪の華』は、いわゆる『悪の華』第三版）出版され始む。

あとがき

堀口大學

詩集『悪の華』は、ボードレール（一八二一―六七）一生の詩集だ。この詩人には、これ以外の詩集はない。

他にも『パリの憂鬱《ゆううつ》』、『人工楽園』の二集があるが、前者は散文詩の、後者は詩的散文の集、二つながら純粋の意味の詩集とは言えない。

本書には、百六十二の詩篇が収録されている。行数（詩句）にして、大凡《おおよそ》四千二百行。これがボードレール一生の詩作の総量、創作期間は詩人の二十歳から四十歳までの二十年間。決して多くはない、否《いな》、むしろ人はその少ないのに驚くだろう。

収録された百六十二篇のうち、六十八篇は十四行詩《ソンネ》形式の小曲だ。他に幾篇か十四行にも足りない小篇も含まれている。五十行を超える詩篇は僅《わずか》に十五篇ほどあるに過ぎない。最長篇は『旅』の百四十四行、続いて『呪《のろ》われた女達（デルフィーヌとイポリト）』の百四行、『平和のパイプ』の九十七行ということになる。詩人としてのボードレールは、決して多作ではなかった、否、むしろ寡作《かさく》だった。

この少ない数の詩篇を、ボードレールは一生の間、彫琢《ちょうたく》しつづけた。ボードレールほど多くのヴァリアント（変文）を残した詩人も少ない。瑣細《ささい》な点まで彼は気にして、瑕瑾《かきん》なぞ有りそうもない完璧《かんぺき》な詩句にまで、彼は《ぎごちなさ、わざとらしさ》を感じ、《繰り返し、巻き返し、僕はあらゆる筆法《やりかた》を尽して見た》（一八六〇年三月十日付の手簡）と言っている。ほとんど、どの詩篇についても、これと同じことを言う資格が彼にはあった。それかあらぬか、『悪の華』には、時に努力のあとは感じられても、投遣《なげやり》なところはまるで見当らない。

『悪の華』に、初版、再版、三版と内容の異なる版があること、及びその来歴、相互の関聯《かんれん》については、すでに「註」で説明を尽したからここには繰り返さない。

『悪の華』というこの表題は、「悪」の賛歌のように聞えて、この詩人の真意を曖昧《あいまい》にし、誤解の種を蒔《ま》くものだと言われて来た。しかし、これはこれなりに、この詩人の好みの表題であったのだ。一八五七年三月七日付の手紙で、ボードレールは『悪の華』の出版者プーレ・マラシスに《僕は神秘的な表題か、さもなくば、爆竹的な表題が好きだ》と告げている。詩句の中の・《ポアン》一つ、，《ヴィルギュル》一つにも心を砕いたこの詩人が、ましてその一生の主著の表題を等閑《なおざり》に決めたりするわけがない。他にも「冥府《めいふ》」、「レスボスの女たち」など、詩人がこの詩集のために一度は予定した表題が、今日幾つか知られているが、その神秘性、その爆竹性の、『悪の華』に優《まさ》るものなしとの見地から、これに決定したものであろう。

『悪の華』の初版は一三二〇部発行され、定価は三フランだった。再版は一五五〇部（ほど）発行された。

今日、近代人の『神曲』とまで呼ばれて全世界にひろく読者を持つこの詩集も、発行の当時は少数の例外者以外にはほとんど理解されず、馬の耳に念仏の感があった。詩人の死の前年に当る一八六六年、《『悪の華』？　あんなものは忘れられた詩集ですよ！》と、面と向ってボードレールに言った出版者さえあったという。気を悪くした詩人が《馬鹿《ばか》なことを言うな！》と応じたことは勿論《もちろん》だが、今日から見ると、当時『悪の華』は、忘れられた詩集どころか、まだ理解されなかった詩集だった。

それがボードレールの死後三十年、一八九六年になると、批評家ルミ・ド・グールモンは次のように言う、

《現代文学、わけてもサンボリスムと呼ばれる文学は、悉《ことごと》くボードレールの影響を受けている。現代文学はこれをその外面的技法から見る場合、必ずしもそうとばかりは言えないかも知れないが、その内面的精神的技法において、その神秘感において、物象の発する言語に傾聴しようとする追求において、魂から魂への照応を念願する点において、専《もっぱ》らボードレールの影響だと言えるのである》云々《うんぬん》。

自然を静観し、自然のうちに内在する世界を想見させる相似《アナロジー》を、比較《コンパレーゾン》を、直喩《アレゴリー》を探《たず》ねること、しかもこれをするには、真実把握《はあく》の手段として直感を尊び、一歩一歩自然に肉迫し、やがてはこれと合体すること、しかも自然が、匂《にお》いにより、色彩により、音響によって、同

時に自己を表明するに倣《なら》い、別種の芸術の結合を計る、例えば詩に音楽をあらしめること、つまりはこの不可知の追求によって、この無窮の探求によって、物象の外観がその観念と一致し、抽象が具象と一致する領域に到達すること、これがボードレールの詩作の理念であり、またこれがサンボリストと呼ばれる一世代の若き詩人達の野心となった。

『悪の華』には、全訳、部分訳、すでに諸家の苦心になる幾種類の邦訳が存在する。訳者は自分のこの訳を成すに当って、そのいずれをも参考し、あるものからは解釈を学び、またあるものからは語句を教えられた、ここに明記し、幾多先蹤《せんしょう》に対する感謝のしるしとする。

（一九五三年十月）

改版にあたり、堀口大學氏の著作権継承者、高橋すみれ子氏のご了解を得て、以下の資料を参考にし、註、年譜に補足・訂正を行いました。

＊『ボードレール全集』第一巻（クロード・ピショア編、一九七五年刊、プレイヤッド版）Baudelaire Œuvres complètes I（Texte établi, présenté et annoté par Claude Pichois, Bibliothèque de la Pléiade, 1975）

＊『悪の華』（鈴木信太郎訳、一九六一年四月刊・岩波文庫）

＊『悪の華』（安藤元雄訳、一九九一年四月刊・集英社文庫）

＊『ボードレール全詩集I　悪の華　漂着物　新・悪の華』（阿部良雄訳、一九九八年四月刊、ちくま文庫）

（新潮文庫編集部）

本作品中、今日の観点からみると差別的ととられかねない表現が散見しますが、作品自体のもつ文学性ならびに芸術性、また訳者がすでに故人であるという事情に鑑《かんが》み、原文どおりとしました。

サン＝テグジュペリ
堀口大學訳

人間の土地

不時着したサハラ砂漠の真只中で、三日間の渇きと疲労に打ち克って奇蹟的な生還を遂げたサン＝テグジュペリの勇気の源泉とは……。

メリメ
堀口大學訳

カルメン

ジプシーの群れに咲いた悪の花カルメン。荒涼たるアンダルシアに、彼女を恋したがゆえに破滅する男の悲劇を描いた表題作など6編。

M・ルブラン
堀口大學訳

8 1 3
―ルパン傑作集（Ⅰ）―

殺人現場に残されたレッテル〝813〟とは？恐るべき冷酷さで、次々と手がかりを消していく謎の人物と、ルパンとの息づまる死闘。

M・ルブラン
堀口大學訳

続 8 1 3
―ルパン傑作集（Ⅱ）―

奸計によって入れられた刑務所から脱獄、ヨーロッパの運命を託した重要書類を追うルパン。遂に姿を現わした謎の人物の正体は……。

M・ルブラン
堀口大學訳

奇 岩 城
―ルパン傑作集（Ⅲ）―

ノルマンディに屹立する大断崖に、フランス歴代王の秘宝を求めて、怪盗ルパン、天才少年探偵、イギリスの名探偵等による死の闘争図。

M・ルブラン
堀口大學訳

ルパン対ホームズ
―ルパン傑作集（Ⅴ）―

フランス最大の人気怪盗アルセーヌ・ルパンと、イギリスが誇る天才探偵シャーロック・ホームズの壮絶な一騎打ち。勝利はいずれに？

I・マキューアン
小山太一訳

アムステルダム
ブッカー賞受賞

ひとりの妖婦の死。遺された醜聞写真が男たちを翻弄する……。辛辣な知性で現代のモラルを痛打して喝采を浴びた洗練の極みの長篇。

高橋健二訳

ヘッセ詩集

ドイツ最大の抒情詩人ヘッセ——十八歳の頃の処女詩集より晩年に至る全詩集の中から、各時代を代表する作品を選びぬいて収録する。

堀口大學訳

アポリネール詩集

失われた恋を歌った「ミラボー橋」等、現代詩の創始者として多彩な業績を残した詩人の、斬新なイメージと言葉の魔術を駆使した詩集。

堀口大學訳

ヴェルレーヌ詩集

不幸な結婚、ランボーとの出会い……数奇な運命を辿った詩人が、独特の音楽的手法で心の揺れをありのままに捉えた名詩を精選する。

堀口大學訳

コクトー詩集

新しい詩集を出すたびに変貌を遂げた才気の詩人コクトー。彼の一九二〇年以降の詩集『寄港地』『用語集』などから傑作を精選した。

堀口大學訳

ランボー詩集

未知へのあこがれに誘われて、反逆と放浪に終始した生涯——早熟の詩人ランボーの作品から、傑作「酔いどれ船」等の代表作を収める。

ジッド
山内義雄訳

狭き門

地上の恋を捨て天上の愛に生きるアリサ。死後、残された日記には、従弟ジェロームへの想いと神の道への苦悩が記されていた……。

ジッド
神西清訳

田園交響楽

彼女はなぜ自殺したのか？　待ち望んでいた手術が成功して眼が見えるようになったのに。盲目の少女と牧師一家の精神の葛藤を描く。

ボーヴォワール
青柳瑞穂訳

人間について

あらゆる既成概念を洗い落して、人間の根本問題を捉えた実存主義の人間論。古今の歴史や文学から豊富な例をひいて平易に解説する。

J・ジュネ
朝吹三吉訳

泥棒日記

倒錯の性、裏切り、盗み、乞食……前半生を牢獄におくり、言語の力によって現実世界の価値を全て転倒させたジュネの自伝的長編。

ユゴー
佐藤朔訳

レ・ミゼラブル（一～五）

飢えに泣く子供のために一片のパンを盗んだことから始まったジャン・ヴァルジャンの波乱の人生……。人類愛を謳いあげた大長編。

ゾラ
古賀照一訳

居酒屋

若く清純な洗濯女ジェルヴェーズは、職人と結婚し、慎ましく幸せに暮していたが……。十九世紀パリの下層階級の悲惨な生態を描く。

新潮文庫の新刊

万城目学著
あの子とQ
高校生の嵐野弓子の前に突然現れた謎の物体Q。吸血鬼だが人間同様に暮らす弓子の日常は変化し……。とびきりキュートな青春小説。

川上未映子著
春のこわいもの
容姿をめぐる残酷な真実、匿名の悪意が招いた悲劇、心に秘めた罪の記憶……六人の男女が体験する六つの地獄。不穏で甘美な短編集。

桜木紫乃著
孤蝶の城
カーニバル真子として活躍する秀男は、手術を受け、念願だった「女の体」を手に入れた！　読む人の運命を変える、圧倒的な物語。

松家仁之著
光の犬
河合隼雄物語賞・芸術選奨文部科学大臣賞受賞
やがて誰もが平等に死んでゆく——。ままならぬ人生の中で確かに存在していた生を照らす、一族三代と北海道犬の百年にわたる物語。

池田渓著
東大なんか入らなきゃよかった
残業地獄のキャリア官僚、年収230万円の地下街の警備員……。東大に人生を狂わされた、5人の卒業生から見えてきたものとは？

西岡壱誠著
それでも僕は東大に合格したかった
—偏差値35からの大逆転—
成績最下位のいじめられっ子に、担任は、東大を目指してみろという途轍もない提案を。人生の大逆転を本当に経験した「僕」の話。

新潮文庫の新刊

國分功一郎著
中動態の世界
—意志と責任の考古学—
紀伊國屋じんぶん大賞・小林秀雄賞受賞

能動でも受動でもない歴史から姿を消した"中動態"に注目し、人間の不自由さを見つめ、本当の自由を求める新たな時代の哲学書。

C・ハイムズ
田村義進訳
逃げろ逃げろ逃げろ！

追いかける狂気の警官、逃げる夜間清掃員の若者——。NYの街中をノンストップで疾走する、極上のブラック・パルプ・ノワール！

W・ムアワッド
大林薫訳
灼熱の魂

戦争と因習、そして運命に弄ばれた女性の壮絶なる生涯が静かに明かされていく。現代のシェイクスピアが紡ぎあげた慟哭の黙示録。

ヘミングウェイ
高見浩訳
河を渡って木立の中へ

戦争の傷を抱える男と、彼を癒そうとする若い貴族の娘。終戦直後のヴェネツィアを舞台に著者自身を投影して描く、愛と死の物語。

P・マーゴリン
加賀山卓朗訳
銃を持つ花嫁

婚礼当夜に新郎を射殺したのは新婦だったのか？　真相は一枚の写真に……。法廷スリラーの巨匠が描くベストセラー・サスペンス！

午鳥志季著
このクリニックはつぶれます！
—医療コンサル高柴一香の診断—

医師免許を持つ異色の医療コンサル高柴一香とお人好し開業医のバディが、倒産寸前のクリニックを立て直す。医療お仕事エンタメ。

Title : LES FLEURS DU MAL
Author : Charles Baudelaire

悪《あく》の華《はな》

新潮文庫　ホ－2－3

昭和二十八年十月三十一日 発行
平成十四年二月二十五日 五十六刷改版
令和七年四月十五日 七十刷

訳者 堀《ほり》口《ぐち》大《だい》學《がく》
発行者 佐藤隆信
発行所 株式会社 新潮社
郵便番号 一六二―八七一一
東京都新宿区矢来町七一
電話 編集部(〇三)三二六六―五四四〇
読者係(〇三)三二六六―五一一一
https://www.shinchosha.co.jp

価格はカバーに表示してあります。

乱丁・落丁本は、ご面倒ですが小社読者係宛ご送付ください。送料小社負担にてお取替えいたします。

印刷・株式会社光邦　製本・株式会社大進堂

ISBN978-4-10-217403-6 C0198